UĞUR GÖKBULUT & TALHA BORA ÖGE

W0377194

İ N D İ G O   K İ T A P

Var Bir Hayalimiz

Uğur Gökbulut & Talha Bora Öge

Baskı: Haziran 2021
ISBN: 978-625-7671-30-9
Yayınevi Sertifika No: 31594

Copyright © Uğur Gökbulut & Talha Bora Öge, 2021
Bu kitabın yayın hakları İndigo Yay. Dağ. Paz. Rek. Ltd. Şti.'ne aittir.
Yayınevinden izin alınmadan kısmen ya da tamamen alıntı yapılamaz,
hiçbir şekilde kopya edilemez, çoğaltılamaz ve yayımlanamaz.

Editör: Ayşe Nur Buğalı
Son Okuma: Zehra Onat
Sayfa Tasarımı: B&S Ajans
Kapak Tasarımı: Yasin Öksüz

Baskı
My Matbaacılık San. ve Tic. Ltd. Şti.
Maltepe Mah. Yılanlı Ayazma Sok. No: 8 Kat: 2
Zeytinburnu / İstanbul Tel: 0 (212) 674 85 28
Sertifika No: 47939

İNDİGO YAY. DAĞ. PAZ. REK. LTD. ŞTİ.
Üniversite Mah. Civan Sok. Allure Tower No: 1 Kat: 23 / 330 Avcılar / İstanbul
Tel: 0 (212) 438 17 83 • Fax: 0 (212) 438 17 84
www.indigokitap.com • info@indigokitap.com

İNDİGO YAY Bir İndigo Kitap Yayın Dağ. Paz. Rek. Ltd. Şti. markasıdır.

Var Bir Hayalimiz

UĞUR GÖKBULUT & TALHA BORA ÖGE

İNDİGO KİTAP

Hayatınıza giren insanlar
ya birinin size ahı ya da duasıdır.

“Ben onlar gibi olamam,” diyerek,
Ne çok şeyin üzerini sabırla, susarak örtmüşüm.
İçime attıklarım nefesimi kesince anladım.
İşte bu yüzden
İnsanlara bir adım atarken, bin kez düşünüyorum artık.
İçimde bir umutla
Ama bin korkuyla yaşıyorum artık.
Vebali emeği geçenlerin boynuna.

Dinle...

Konu insanlar olunca neden bu kadar korktuğumu
soruyorsun ya bana... Kendime göre haklı sebeplerim var.
Ben farklıyım deme bana lütfen;
çünkü canımı en çok farklı olduğunu söyleyen
ve gerçekten de farklı olduğunu düşündüğüm insanlar yaktı.
En çok da onlar, içimde telafisi mümkün olmayan
yaralar bıraktı.
Evet, korkuyorum.
Neden mi?

ÖYLEYSE DİNLE...

Sahi, benim mucizem sen olabilir misin?

Konu insan olunca; önceden korkak bir insan değildim aslında. İçimde tarifsiz bir insan sevgisi vardı. Tabii ki herkesin iyi olmadığını bilecek kadar, az ya da çok tecrübe yaşatmıştı hayat bana. Gelgelelim kötülüğün de bir sebebi olduğunu düşünür, onları da yüreğimin sevgi seline atıp affederdim. Sonra ne oldu biliyor musun? Canım fena halde yandı. Hem de sayısız kere. İnatla savunduğum ve içimde asla bitmez sandığım o berrak sevgi selini kirlettiler. Bencillikleriyle, sevgisizlikleriyle, menfaatleriyle ve kibirleriyle beni kendilerinden nefret ettirdiler. Yaşadığım o kötü anıları, içimde hangi iyi niyetle kapatacağımı bilemedim. Duru ve saf olan ne varsa bende, hepsine saldırdılar. İçimde bir virüs gibi yayıldılar. Benden güzel düşüncelerimi aldılar. İnsan sevgimi, güzel anılarımı çaldılar. Belki kendilerine benzetemediler beni ama eskisi gibi de bırakmadılar. Bir zamanlar inancın ve iyimserliğin hâkim olduğu aklıma, güvensizliği ve şüpheyi kazıdılar.

Sabah uyandığımda yüzümdeki o tatlı tebessümü özledim. Her gece hayaller kurarak kafamı huzur içinde yastığıma koyduğum gecelerimi özledim. Her şeyden öte, kalbimin derin hüzünlerle henüz tanışmadığı, aklımın şüphe duymadığı ve mantığımın kararlarımı onlarca kez sorgulamadığı o insani yanımı özledim. Duygusuz değilim yine de çok şükür. Ama sorgusuz da açmıyorum kimseye kollarımı. Umutsuz değilim. Ama bin kez, tekrar tekrar gözden geçiriyorum yürüdüğüm yollarımı. Çünkü artık tanıyamıyorum insanları. Kimin beni ne kadar mutlu edeceğinden ziyade, ne kadar üzebilir diye düşünerek teselli buluyorum. Konu insan olunca bin kez düşünüyorum. Bilmiyorum, belki de bazen abartıyorum etrafıma ördüğüm bu güvenlik duvarını. Kim bilir belki de sabrım bitmiştir. İçimde bitmez dediğim iyi niyetlerim tükenmiştir. Belki birileri için, artık parmağımı bile oynatmak gelmiyordur içimden. Belki içim çok şeyden vazgeçmiştir. Bazı yaşadıklarım ve bekleyip de yaşayamadıklarım canıma yetmiştir. Yorulmuşumdur belki ve artık inancım kalmamıştır insanlara. Belki ben kazanmışımdır. Belki de onlar beni kaybetmiştir. Kim bilir belki de, bu uzun süren yalnızlığımın sebebi, bir mucizeyi bekleyişimdendir. Olamaz mı? **Olabilir. Sahi, benim mucizem sen olabilir misin?**

Korkuyorum, anlıyor musun?

Tanıyorum seni deme bana, ne olur... Tanımazsın. Mesela yıllarca kalabalıklar arasında neden yalnız olduğumu anlatsam da anlamazsın. Bana tutamayacağın büyük sözler ve büyük yeminler de etme, ne olur. İçim yarım kalan sözler ve tamamlanmamış yıkık düşler ülkesi. Yüreğinden büyük sözler verme. Tutamazsın. Bir yanım fena halde yaralı, kırgın, öfkeli ve tedirgin. Yaşamadığın bir acıyı istesen de saramazsın. Artık benim kapılarım kapalı, duvarlarım yüksek ve insanlara güvensizliğim tarifsiz. İçinde samimiyet yoksa zorlama sınırlarımı. Zorlasan da aşamazsın. "Her şeyin olurum senin," diyorsun ya bana... Biliyor musun? Kulaklarım bu sözlere de aşina. Bir şey olacaksan eğer zor zamanlarımda yanımda ol. Seni sevmem için bu bile yeter bana. Kimse kimsenin her şeyi olamaz. Sen de benim her şeyim olamazsın. Bir umudum var yine de senden yana: Bana karşı her durumda dürüst ol, samimi ol ve merhametli ol. Ama sakın ahım olma. **Bir masumun ağır olur ahı. Nereye gidersen git, gölgesinden kurtulamazsın.**

Ben ilahi adalete inanırım.
Çünkü çoğu insanın yaptıklarından utanacak kadar
ne yüzü ne de vicdanı var.

İnsanız sonuçta...

Şu hayattan çok büyük beklentilerim ve isteklerim olmadı şükür. Büyük hayaller kurmuyorum artık. Üç günlük dünya, geçer, insandır, yapar, diyorum ve üzerinde fazla durmuyorum. Yetinmeyi öğrendim. Az uykuyla, az umutla ve az insanla. Geleceğe dair tüm planlarımı, kaderin yüzüme kahkahalarla gülerek teker teker derin sulara attığı günden bu yana, küçük mutluluklarla idare ediyorum. Sanırım dünya denen bu gezegene ve insan denilen bilinmeze yeni yeni alışıyorum. Ama insanım en nihayetinde. Neler yaşayacağımı, kimlerle tanışacağımı ve yürüyeceğim yolları kiminle paylaşacağımı hiç bilemesem de gönlümün yine de istekleri var işte. Ona da diyecek bir sözüm yok. Bu kadar kırıldıktan ve yorulduktan sonra, o da kılı kırk yarıyor. Karşısında yüzüne ve sözüne güvenilecek insan arıyor. Bak bu konuda beni de, seni de nasıl uyarıyor...

Başa kakılan iyilikleri istemem. Bir güldüren, bir öldüren dengesizlikleri istemem. Herkesi tepeden gören kibri ve bencillikleri istemem. Kiminle yürüdüğümü hiç bilemediğim güvensizlikleri istemem. Ve ben paramparça olduktan sonra gelen özürleri de istemem. Ben ne istediğini bilenleri, sözünün arkasında duranları, sevdiklerine öncelik verenleri ve işine geldiği gibi değil, içinden geldiği gibi sevenleri isterim.

Az konuşup çok sustuğum için suçlama beni.
Aslında ben suskun değilim.
Sevdiklerim bana sağır.
Hem söylesene bana;
anlayanın yoksa eğer konuşmak neye yarar?

Sahi sen sustuklarımı da duyabilecek misin?

Hani hep şikâyet ediyorsun ya suskunluğum hakkında... Hani, "Neden az konuşuyorsun?" diye soruyorsun ya bana... Bilmeni isterim ki aslında suskun bir yapım yok. İnsan kendisini güvende hissettiği zamanlarda ve kendi gibi olabildiği ortamlarda içini açıyor sanırım. Ya da benim için bu durum artık böyle. Anlatmaktan ve dinlemekten yorulmuş da olabilirim. Net olan şeyleri bile, saatlerce karşımdakine açıklamaya çalışmak için sabrım kalmamış da olabilir. Değiştiremeyeceğim hiçbir düşünce için dilimi ve kelimeleri yormaya gerek yok. İnatla bana dayatılan ve sorgusuz sualsiz kabul etmem beklenilen tartışmalardan ya kırarak ya da kırılarak ayrıldım. İşte bu yüzden suskunluğumun gözünü seveyim. Yani birine alışmak ve onunla kendim gibi konuşmak için zamana ihtiyacım var. Sana yorgun ve incinmiş bir şekilde geldiğim için, senin de sanırım sabra ihtiyacın olacak. Zaman ve sabır. İlişkimizin yolunu işte bunlar belirleyecek: Zamanın gücü ve sabrın şifası. İnanıyorum ki içimde kapatamadığım yaralarıma iyi gelecek. Konuştuklarım gibi, sustuklarımı da duyduğun ve anladığın zaman, benim için sevmenin ve güvenmenin en doğru zamanıdır. Sahi sen; sustuklarımı duyabilecek misin? Duyduklarını yüreğinde hissedebilecek misin? Yorgunluklarımla, kırgınlıklarımla, beni olduğum gibi kabul edip hiç değiştirmeden sevebilecek misin?

Sonra sustum işte!

Hiç de layık olmadığım şeyler yaşadığım için sustum.
Konuştuklarımı benden başka hiç kimsenin duymadığını
anladığım için sustum.
Bana yabancı gelen şu dünyanın dilini anlamakta
zorlandığım için sustum.
Başkalarının doğrularından çok, kendi yalanlarıma
inandığım için sustum.
Çünkü içime atmak, dışıma anlatmaktan
daha az acı veriyordu bana.
İnandığım birçok şeye kırıldığım için,
yorulduğum için sustum.

Sonra bir susmak geliyor aniden...

Dilim lal, kulağım ise herkese sağır oluyor.
Ve avazım çıktığı kadar bağırıyorum içime.
"Ben bunu hak edecek ne yaptım?"
Kendimi, yine beni en iyi bilene teslim ederek
içimden hep aynı sözleri tekrarlıyorum:
"RABBİM her şerri hayra, her derdimi feraha çevir... "

Nasip ne güzel kelime

Bu kadar yalan dolan, bu kadar ikiyüzlülük, bu kadar ne istediğini bilmeyen insan varken etrafımda ve ben geçmişimde insan olanla insanı oynayanı tanımakta bile bu kadar zorlanmışken, bu konuda kendime dahi güvenmezken, beni tamamlayacak, beni anlayacak bir insan bulmanın bir mucize olduğunun farkındayım. Evet, farkındayım. Doğru insanı bulmanın samanlıkta iğne aramakla eşdeğer olduğunun bilincindeyim. Yıllarca birbirini tanıdıklarını zanneden insanların, evlendiklerinden çok kısa bir süre sonra birbirlerine, "Tanıyamamışım seni," dediğini çok duymadık mı? Çok duymadık mı, "Ruh eşim," diye yola çıkanların, ilk yokuşta birbirlerinin elini sonsuza dek bıraktıklarını? Söylesene kaç kez tanık olduk, "Onsuz asla," diye büyük konuşanların, iki gözü iki çeşme karşımıza oturup, "Onunla bir daha asla," dediğine? Yüreğinin sesini dinleyenlerin "mantık evliliği" diyerek aklınca yüreklerine sırt dönenlerin hüzünlü akıbetlerini işitmedik mi?

İşte bu yüzden nasip diyorum, ne güzel bir kelime... Büyüklerimizin, "Sonunuz güzel olsun yavrum," diyerek ettiği o dualar ne güzel. "Hayırlısı," diyerek çıkılan o yollar ne güzel. Yani demek istediğim, iddialı büyük laflar edince, hayat seni öyle bir küçük düşürüyor ki ettiğin o sözün karşısında, bir dahaki sefere dilin yanıyor yaşamadığın şeyler hakkında peşin hüküm verirken. Büyük konuşmanın bedelini ödeyen insanların hikâyesini anlatacağım şimdi sana. Birbirlerinin kaderi olduğuna inananların, aslında birbirlerinin nasıl kederi haline geldiklerini öğreneceksin bu hikâyede. Dinle...

HAKAN VE MİHRİBAN

Bugün tam otuz beş yaşına basmıştı Hakan. Bir devlet kurumunda memur olarak çalışıyordu. Hacı annesi ve babasıyla birlikte yaşıyor ve her insan gibi kendine ait bir yuva hasreti çekiyordu. Kendisinden küçük iki kardeşi de evlenmiş ve çoktan çoluk çocuğa karışmışlardı. Birikimleriyle onların düğünlerini yapmış ve eksiklerini tamamlamıştı. Yani senin anlayacağın, örnek bir ağabey. Hani her ailede olur ya, babadan sonra baba gibi ailesine kol kanat geren bir ağabey ile kendisini kardeşlerine adayan anaç bir abla. İşte bizim Hakan da onlardan biri. Verdikçe mutlu olan, sevdiklerinin yüzlerini güldürdükçe iyi hisseden ve, "Benden artık geçti. Sevdiklerim mutlu olsun, o bana yeter," diyen ender insanlardan biri. Ama biraz çekingen kişilik yapısına sahip bizim Hakan. Özgüveni eksik, özsaygısı biraz düşük ve fazlasıyla utangaç. Asker arkadaşı Hayati dışında bir çevre edinememiş, yapısından dolayı hiç sosyalleşememiş. Ama aynı zamanda da mahallelinin çok sevdiği, işten eve gelirken çocukların "Hakan Abi" diye yanına koştukları ve herkesin "örnek bir evlat" diye parmağıyla gösterdiği bir insan. Annesinin iki gözünün çiçeği, babasının "Can Hakan" diye sevdiği güzel bir yürek Hakan. Hikâyemiz tam da burada başlıyor. Yani hayatının değişeceği *bu* doğum gününde. Bakalım neymiş, anacağının Hakan için hazırladığı bu doğum günü sürprizi.

Necibe Teyze, oğlunun doğum günü için hazırladıklarını, masanın üzerine itinayla yerleştirmeye başlamıştı. Salona her girip çıkışında duvarda asılı duran antika saati kontrol ediyor ve Hakan'ın işten geliş saatine göre hazırlıklarını planlıyordu. Elleriyle hazırladığı meyveli pastası buzdolabında ve oğlunun çok sevdiği elmalı turtaları da masanın tam ortasında çoktan yerlerini almışlardı. Sadık Bey'in masanın üzerindekileri ara sıra tırtıkladığını fark etse de şeker hastası olan eşine her zamanki gibi yine kızamamıştı. Necibe Teyze, oğlunun doğum günü için her yıl bu sofrayı donatır ve her seferinde de, "İnşallah seneye gelinimizle birlikte kutlarız oğlum," diye dua ederdi. Sadık Bey'in ise bu dualardan sonra gözleri dolar ve oğlunun yanında ağlamamak için kendini zor tutardı. Hakan evlenmeyi her ne kadar istese de, ailesine olan düşkünlüğünü ve hassas yapısını düşününce, içinden bir ses sürekli olarak, "Evlilik senin neyine?" diyerek onu uyarırdı. Bu düşüncesini annesiyle her paylaştığında ise annesinden, "Senin gibi ince düşünen ve aile kavramının ne olduğunu bilen bir insan evladı vardır mutlaka evlat," diye cevap alırdı. Hakan evlilikten korkuyordu. Hem de küçük bir çocuğun hiç bilmediği bir ortamda karanlıkta tek başına kaldığı gibi korkuyordu. Dışarıda gördüklerinden, duyduklarından korkuyordu. Duygusal olarak yalnız olsa da, kurduğu şu düzenin bozulmasından korkuyordu. Sevgisizlikten, ilgisizlikten ve karşılaşacağı saygısızlıktan korkuyordu. Ama içinde hissettiği yalnızlık duygusu da tarif edilecek türden değildi. Mutlu evlilikler de vardı elbette. Hâlâ birbirlerini seven ve iyi geçinen örnek çiftler vardı. Bazı akşamlar işten eve gelirken, dışarıda birbirinin elini tutmuş çiftleri ve parkta babasıyla oyunlar oynayan çocukları görünce istemsizce onlara uzun uzun bakıyor ve, "Tek istediğim böyle huzurlu bir aile Allah'ım," diyordu.

O gün, şairin de dediği gibi yolun yarısını çoktan devirmiş bir şekilde evine doğru yürürken, içinden yine aynı duaları ediyordu. Evinin kapısına yaklaşınca annesinin yine en sevdiği yemekleri yaptığını, börekler ve tatlılar hazırladığını da biliyordu. Her seferinde annesini üzmemek için, sanki hiç haberi yokmuş gibi davranıyor ve şaşkınlığını esirgemiyordu. Her akşam olduğu gibi, bugün yine eksik ve mutsuz yanlarını evinin dışında bırakarak kapıyı açtı. Annesini ve babasını kapının hemen arkasında kendisine sarılacak diye beklerken, derin bir sessizlik karşıladı onu evin içinde. Merakla önce mutfağa doğru bir göz attı. Mutfakta kimse yoktu. Sonra salona doğru geçti. Yemek masasının üzeri çeşit çeşit yiyeceklerle donatılmıştı. Bu alıştığı tabloyu geride bırakıp oturma odasının kapısını açtı. Kapıyı açtığında ise "sürpriz" çığlıklarıyla irkildi. Evet, bu kez şaşırmıştı. Hiç de alışık olmadığı bir kalabalık karşısındaydı. Önce anne ve babası doğum gününü kutladı, sonra komşuları. Mahallenin çocukları ve her gördüğünde sadece, "Günaydın ve iyi akşamlar," dediği komşu kızı Mihriban kutlamalara devam etti. Belki de bu karede en çok dikkatini çeken ve kendisini şaşırtan insandı Mihriban. Pastalar kesildi, yemekler yendi ve çaylar içildi. Sonra kendisine gelen hediyeleri kabul etti Hakan. Mihriban hediyesini verirken bir anda oluşan sessizlik onun da dikkatinden kaçmamıştı. Utandı. Terledi. Gözlerini nereye kaçıracağını hiç bilemedi. Elini ayağını nereye koyacağını şaşırmıştı. En güvenli liman olan annesinin gözlerine sığındı. Annesinin gözbebeklerine bir yakamoz gibi vuran mutlulukta sabitlendi. Henüz hiç bilmediği ama sabırsızlıkla öğrenmek istediği bir durumun içindeydi. Bu sessizliği Mihriban'ın yumuşacık sesi bozdu:

– Açmayacak mısın hediyeyi Hakan?

Hakan, pembeleşen yanaklarını saklamak istercesine başını öne doğru eğdi.

– Çok teşekkür ederim Mihriban. Tabii ki hemen açıyorum.

Özenle paketlenmiş hediyesini parmakları titreyerek açtı. Beyaz en çok sevdiği ve en çok kullandığı renkti. Saflığa ve temizliğe olan düşkünlüğüyle özdeşleştirmişti bu rengi. Önce paketten çıkan beyaz gömleğe, sonra da başını yavaşça kaldırarak Mihriban'a baktı. Kısa ve derin bir bakışmadan sonra Mihriban söze girdi:

– Seni genellikle beyaz gömlekle görüyorum. Bu rengi çok sevdiğini tahmin ettim. Umarım beğenmişsindir Hakan.

Hakan utangaç ve kısık bir sesle yanıt verdi:

– Evet, gerçekten de bu rengi çok severim. Çok doğru tahmin etmişsin. Zevkle giyeceğim bu gömleği. Tekrar teşekkür ederim.

Geçmiş anıların ve apartman sorunlarının konuşulduğu uzun bir sohbetten sonra misafirler teker teker ayrıldı. Geçip giden bu zaman diliminden sonra ise, Hakan'ın aklında sadece Mihriban kaldı. Misafirler gittikten sonra annesinin masayı toparlamasına yardım etti. Çok sabırlı bir insan olmasına rağmen bu kez merakına yenik düştü. Çekinerek annesine sordu:

– Harika bir doğum günüydü anne. Çok teşekkür ederim. Sıradışıydı benim için. Bana anlatmak istediğin bir şey var mı anneciğim?

Necibe Hanım hafif bir tebessümle oğluna dönüp baktı:

– Hele şu ortalığı bir toparlayayım. Sonrasında tabii ki seninle konuşmak istediğim bir konu var.

Sadık Bey de oturduğu koltuktan seslendi:

– Aynı soruyu ben de sordum oğlum. Ama bana da bir şey söylemedi. Senin gibi ben de merak içindeyim.

– Sabret bey. Şu işlerimi bitireyim önce. Hep beraber konuşuruz. Önemli konular bunlar. Böyle ayaküstü konuşulacak konular değil.

Sadık Bey ve Hakan birbirlerine merak içinde baktıktan sonra, Sadık Bey de yerinden kalkarak etrafı toparlamaya yardım etti. Necibe Hanım işlerini bitirdikten sonra koltuğa oturdu. Sadık Bey ve Hakan da hemen yanına oturarak dikkatlice Necibe Hanım'a odaklandılar. Necibe Hanım, eşinin ve oğlunun gözlerine bakarak bir kahkaha patlattı. Sadık Bey ve Hakan şaşkınlık içinde bu kahkahanın dinmesini beklediler. Sadık Bey keskin bir ses tonuyla konuştu:

– Bu neydi şimdi hanım?

Necibe Hanım oğlunun elini tuttu:

– Kendimi anaokulu öğretmeni gibi hissettim bir an için bey. Sanki masal saati gelmiş de, benden masal bekleyen küçük çocuklar gibi yüzünüzdeki ifade. Bu tabloyu görünce bir gülme tuttu beni.

Hakan gülümsedi:

– Hayalindeki mesleği üzerimizde mi deniyorsun yoksa anne?

– Yok be oğlum. O halinizle çok tatlıydınız. Sizi daha önce hiç böyle görmemiştim. Neyse, konuya geçelim artık.

Sadık Bey arkasına yaslandı:

– Bence de iyi edersin Necibe. Hakan yorgun ve yarın işe gidecek. Daha fazla bekletme istersen.

Necibe Hanım, masadaki sürahiden bir yudum su doldurup ağır ağır içtikten sonra konuya geçti.

– Aslında uzun zamandır hep aklımdaydı bu konu. Ama münasip olur mu, olmaz mı bilemedim. Ta ki, sabah bahçeyi sulamaya indiğimde yedi numaradaki Zehra Hanım'la konuşana dek. Ona, "Akşama Hakan'ın doğum günü var. Gelmek ister misin?" diye sordum. O da memnuniyetle gelirim dedi. İlk defa böyle kalabalık bir doğum günü tasarladığımı söyledim. Neler yapılabilir ve kimleri çağıralım konusunda biraz lafladık. Ve sonuçta tüm komşuları çağırmaya karar verdik. Hazırlıklar konusunda bana yardımcı olabileceğini söyledi. Neyse, sohbet uzayınca sohbete beş numara da katıldı. Sonra giriş kattaki Ekrem Amca'nın eşi Suzan Hanım, bankacının eşi Zeliha derken oracıkta küçük bir toplantı yaptık. Mihriban da sohbeti balkondan dinliyormuş. O da sohbete katıldı. Akşam için bizi de unutmayın dedi.

Mihriban kızım, o minik, gülen, siyah gözleriyle bana bakınca, benim aklıma gelen Zehra Hanım'ın da aklına gelmiş. Apartmana girerken kolumdan çekip, "Necibe, siz bu Mihriban'ı niye Hakan'a düşünmüyorsunuz?" dedi. Ben de, "Az önce benim de aklıma geldi bu fikir. Neden olmasın?" dedim. "Ben annesiyle konuşurum, ağızlarını ararım," dedi. Hangi ara konuştu, hangi ara işi bağladı orasını ben de anlamadım. Öğlene doğru haber verdi bana. Bir kahve içme bahanesiyle gitmiş evlerine. Konuya sıcak bakmış annesi, "Hakan iyi çocuktur, hayırlısı," demiş. Mihriban da olmaz dememiş. Sonrasında, hazırlıklar için tüm öğleden sonra kız yardım etti bana. Evi temizledi, sarma yaptı. Sanki evin gelini gibi davrandı. Nasıl hoşuma gitti anlatamam evladım. Hani kardeşine de gelin aldık ama bu heyecanı o kadar içimde hissetmemiştim.

Sadık Bey oğluna döndü:

– Bence de münasiptir oğlum. Yıllardır komşuluk yaptık o aileyle. Kızı küçüklüğünden beri tanırız. Şimdiye kadar hiçbir yanlışını görmedik. Seslerini duymadık.

Necibe Hanım araya girdi:

– Benim saatlerce saracağımı, bir saat içinde sarıp masaya koydu. Sevdim vallahi ben elinin çabukluğunu. Ev olur bu kızdan oğlum. Akşama kadar Necibe Teyze diye peşimde dolandı. Sen ne dersin Hakan'ım?

Hakan, karşı koltukta duran Mihriban'ın hediyesi olan beyaz gömleğe bakarak:

– Sizin fikirleriniz benim için önemli. Siz olur diyorsanız ben de hayır demem. Hayırlısıysa olsun.

Sadık Bey:

– Hayırlı işler bekletilmeye gelmez. Necibe, sen annesiyle konuş bakalım. Nasıl bir yol izleyelim, süreç hakkında ne düşünürler... Rahmetli babası hayatta olsaydı ben de konuşurdum ama bu şartlarda yük senin omuzlarında. Kiracıyla görüşürüm. En yakın zamanda çıkmasını söylerim. Güzelce dayarız döşeriz. Şanımıza layık bir de düğün yaparız.

– Yaparız be Sadık. Ben de uzamasını istemiyorum bey. Kızı soruşturmaya gerek yok. Aileyi tanımaya gerek yok. Kız bildiğimiz kız. İyi kız Mihriban. Hakan da tanıyor az çok. Kız da oğlumuzu biliyor. Maddi olarak da bir sıkıntımız yok şükür. Yıllarca birbirlerini tanıdığını iddia edip, evlenip, sonrasında ayrılanları da çok gördü bu gözler.

O gece sabaha kadar uyuyamadı Hakan. Mihriban'ın, "Seni hep beyaz gömlekle görüyorum," sözleri kulaklarında çınlıyordu. O an gözlerinin önünden gitmiyordu. Nasıl da utanmıştı, nasıl da içinde bir şeyler eriyip gitmişti. Ayışığı perdelerin arasından süzülüp odayı aydınlattığında, içindeki heyecan da bir tebessüm halinde yüzüne vurmuştu. Ve bu gece dudaklarında hep aynı türkü vardı: "Aşk kâğıda yazılmıyor Mihriban... "

Hayatında ilk defa, bir bahar ayına içinde umutlarla giriyordu Hakan. Bir başka seviyordu bu bahar papatyaları, çiçeğe durmuş ağaçları ve her yağmur sonrası mis gibi kokan toprağı. Gökyüzünün başka bir maviliği, suyun bambaşka bir tadı ve hayatının da bir anlamı vardı artık. Hele o ilk dışarı çıkmalarında eli eline değince içinde hissettikleri tarifsizdi. Baharın taze rüzgârı değince Mihriban'ın o sarı saçlarına, belki bahar bile kıskanırdı o güzelim kokuyu. Demek ki böyle bir şeymiş "aşk" dedikleri. Demek ki böyle bir duygu kesermiş yerden insanın ayaklarını. Aynada bir başka bakarmış insan kendisine. Böyle zamanlarda bir başka özen gösterirmiş insan yediğine içtiğine. Bu duygu insanı kör edermiş de bir başka anlam yüklermiş duyduğuna ve gördüğüne.

Necibe Hanım'ın genlerinden mi, yoksa böyle büyütüldüğünden mi nedir bilinmez, Hakan da en az annesi kadar hassastı temizlik konusunda. Ancak son zamanlarda, bu konu üzerine fazlasıyla eğilmiş, hem annesinin hem de kendisinin temizlik konusunda abarttıkları hususları engellemeyi başarmıştı. Geçen yıla göre epey bir mesafe almışlardı. Buna en çok Sadık Bey seviniyordu. Aynı ev içerisinde iki temizlik hastasıyla yaşamak onu canından bezdirmişti. Yine de kendi oturacağı evin temizliğini annesiyle birlikte yapmaktan da kendini alamamıştı Hakan. Henüz yeteri kadar tanımasa da, Mihriban'a da en az annesi kadar güveniyordu temizlik konusunda. Oturacakları evin salonuna avizeleri takarken, bir yandan da kapıları silmekte olan annesini tekrar uyarma ihtiyacı duydu.

– Anneciğim, üçüncü kez aynı kapıyı sildiğinin farkında mısın?

Necibe Hanım, gözlerini kısarak oğluna baktı:Sanki hiç silinmemiş bu kapılar oğlum. Bezi sıktığım leğendeki suyun rengini bir görsen böyle demezsin.

– Sen temizlik konusunda kimi beğendin ki çıkan kiracıyı beğeneceksin?

– Abartma istersen oğlum. Mihriban'ın temizliğini beğeniyorum mesela.

– Bu arada Mihriban nerede anne?

– Son gördüğümde küçük odayı temizliyordu.

– İnşallah orası da bebek odanız olur. Bak şimdiden heyecanlandım ben. Aylar önce neler konuşuyorduk, şimdi nelerden bahsediyoruz. Hayat işte. Sürprizlerle dolu.

Hakan merdivenden yavaşça inmeye başladı.

– Hayırlısı olsun be annem. Ben Mihriban'a bir bakayım.

Hakan, küçük odanın kapısını açtığında Mihriban'ı pencerede sigara içerken buldu. Yavaşça yanına yaklaştı:

– Yoruldun mu canım?

Mihriban duruşunu hiç bozmadan yanıt verdi:

– Evet, bir sigara molası vereyim dedim.

Hakan gözleriyle etrafını taradıktan sonra;

– Sigaranın küllerini nereye atıyorsun Mihriban?

– Pencereden aşağıya döküyorum.

Hakan aşağıyı kontrol ettikten sonra karşılık verdi:

– Bu pek doğru olmaz canım. Sigara külleri komşunun balkonuna düşüyor. Sigara külleri için plastik bardağı kullanabilirsin.

Mihriban, sigarasını camın önündeki betonda söndürdükten sonra:

– Tamam canım. Bir dahaki sefere öyle yaparım.

Hakan aldığı tepki sonrası düşünceli bir şekilde tekrar salona geçti. Bu tatsızlık üzerinde fazla durmadı. Durmak istemedi. Diğer odaların da avizelerini taktı. Duvarlardaki çivi izlerini alçıyla kapattı. Annesiyle kısa bir sohbetten sonra, atıştırmalık bir şeyler almak için dışarıya çıktı. Eve geldiğinde, aldıklarını paylaşmak için önce annesinin yanına uğradı. Sonra hazırladığı meyve tabağını Mihriban'la paylaşmak için tekrar küçük odaya geçti. Mihriban'ı yine aynı pencerede sigara içerken buldu. Mihriban, Hakan'ın geldiğini fark etmesine rağmen duruşunu yine bozmadı. Hakan, meyve tabağıyla birlikte Mihriban'ın yanına geldiğinde çevresini bir kez daha kontrol etti ve aynı soruyu tekrarladı.

Bunun üzerine Mihriban bir hışımla Hakan'a döndü:

– Aşağıya atıyorum Hakan. Nedir senin sorunun? Sürekli beni kontrol etmekten vazgeçer misin artık?

Hakan hiç beklemediği bu tepki karşısında bir süre Mihriban'ın gözlerine şaşkın şaşkın baktı. Ne diyeceğini bilemedi. Kelimelerini özenle seçmeye çalıştı:

– Bunun için plastik bir bardak kullanabileceğini ve aşağıda oturan insanların balkonunu kirletmenin doğru olmayacağını söylemiştim sana. Neden bu ısrar Mihriban?

Mihriban, sigarasını Hakan'ın gözünün içine baka baka yine pencere betonunda söndürdükten ve izmaritini dışarıya attıktan sonra hızla odadan ayrıldı. Hakan meyve tabağıyla oracıkta kalakalmıştı. Annesinin yanına geldiğini bile fark etmemişti. Omuzuna dokunan annesine buğulu gözlerle baktı:

– Bugünlük temizlik yeter. Gidelim artık anne.

Necibe Hanım, oğlunun yüzünün her halini ezbere bildiğinden, bir sıkıntısı olduğunu anladı. Kalmak için fazla ısrar etmedi. Nasıl olsa evladı olanı biteni akşam evde anlatırdı. Zaten odadan çıkan Mihriban'ın yüzü de oldukça asıktı. Sorunun üzerinde fazla durmadan akşamı beklediler. Ne Hakan konuyu açtı ne de annesi. Akşam yemeğinden sonra, Sadık Bey'in de olduğu salonda kahveler içilirken Necibe Hanım konuyu açtı:

– Hakan'ım, Mihriban'la aranızda bir problem mi var?

Sadık Bey, bu soru üzerine kahvesini sehpaya bırakıp söze girdi:

– Hayırdır oğlum. Doğru mu bu? Nedir sıkıntınız?

Hakan, başını öne eğerek derin bir nefes aldı. Kahvesinden bir yudum aldıktan sonra konuştu:

– Biz bu işten yol yakınken dönelim annem babam.

Sadık Bey ve Necibe Hanım şaşkınlıkla birbirlerinin gözlerine bakarak ikisi birden aynı soruyu sordu:

– Ne oldu oğlum?

Hakan arkasına yaslanarak tüm olup biteni en ince ayrıntısına kadar anlattı. Sonra anne ve babasına dönerek:

– Ben aldığım bu kararın doğru olduğunu düşünüyorum. Siz ne düşünüyorsunuz?

Necibe Hanım oturduğu yerden kalkıp oğlunun yanına oturdu.

– Bence değil oğlum. Hoş bir durum yaşamamışsın kabul ediyorum. Ama bir olay üzerinden kızın tüm kişiliği hakkında karar veremezsin. Ona da hak ver. Bu süreçler hep böyledir. Bir kız için kolay değil evlilik öncesi hazırlıklar. Gergin olması, düşünceli olması normal. Kim bilir aklına ne geldi? O odayı temizlerken belki ölmüş babası geldi aklına. Belki hasta annesini düşünmüştür. Ne bileyim, ne düşündü kızcağız. Ben babanla evlenmeden önce baban da aynıydı oğlum. Ben bu pasaklı adamla ne yapacağım diye içimi yer bitirirdim. Evlendikten sonra değişti. Biraz ben onun huyuna gittim, biraz da o benim huyuma gitti. Önemli olan sevmek oğlum. Sevince Allah sabrı veriyor. Yeter ki arada sevgi olsun. Evlendikten sonra ben de anlatırım kızımıza, sen de yeri geldiğinde güzel güzel konuşursun ve aşılır böyle küçük sorunlar. Daha geçen gün sen demedin mi bana, "Mihriban'la çok mutluyuz anne," diye. Düğününüze haftalar kalmışken bir anda değişir mi hiç insanın düşüncesi?

– Anne ben Mihriban'ı seviyorum. Ama yaşadığımız bu olay, üzeri öyle kolay kolay kapatılacak ya da kapatılması gereken bir konu değilmiş gibi geliyor bana. Bunun altında sanki başka şeyler de varmış gibi hissediyorum. Biz bir şeyleri gözden kaçırıyor muyuz acaba? Ben bugün Mihriban'ın bambaşka bir yüzü olabileceğini gördüm. Ve bu yüzü beni fazlasıyla korkuttu.

Sadık Bey oturduğu koltuktan hızla kalkıp gürledi:

– Ne arıyorsun oğlum sen? Mükemmel insanı mı? Sen ne kadar mükemmelsin ki karşında mükemmellik arıyorsun? Sigarasının külünü aşağıya attı diye mi bu karamsarlığın? Bu kızda yanlış bir şey görsek senden önce biz müdahale ederdik. Ben kızda en ufak bir yanlış görmedim. Konuşarak aşacağın sorunları, hep ayrılarak mı çözeceksin sen? Bu şımarıklık artık.

Sadık Bey, salonu terk ederken Hakan hissettiği çaresizliği ve anlaşılmamış olmanın verdiği mutsuzluğu annesinin gözlerinin içine bakarak ve susarak anlatmaya çalıştı. Her zaman bir bakışta anlaşabildiği anne gözleri de anlamadı onu. Necibe Hanım da yerinden kalkmıştı:

– Baban haklı oğlum. Siz gençlerin bu kolay vazgeçişlerini ve pes edişlerini anlamadım ve anlamayacağım. İyi düşün oğlum. Çok iyi düşün. Sonuçta bu hayat senin, diyerek salonu terk etti.

Hakan, bütün gece yaşadıklarını düşündü. Çoğu insanda olduğu gibi, onun da sevgisi mantığının önüne geçerek anne ve babasını haklı buldu. Yüreğinden yükselen, "Ailen haklı. Kıza haksızlık yapıyorsun ve fazlasıyla abartıyorsun," diyen iç sesini dinledi. Mantığının çığlıkları bir anda sustu. Pireye kızıp tüm yorganı yakmanın ne anlamı vardı ki? Öyle demiyor muydu tüm şairler ve tüm şarkılar; "Aşk tüm sorunları çözer." Hem gülünce yüzünde güller açan, elini tutunca kalbini ısıtan ve ailesinin, "Bu kızdan ev olur oğlum," diye son noktayı koydukları bir kız ne kadar kötü olabilirdi ki? Babasının yüzüne haykırdığı, "Sen ne kadar mükemmelsin ki başkalarında mükemmellik arıyorsun?" sorusu da kulağında yankılanıyordu sürekli. Ve bu sese, "Babam haklıydı. Bu yaşıma kadar sosyal bir çevre edinememiş, işyerinde 'Günaydın' diyen kadınların gözlerine bakacak özgüveni bulamamış, bir kadınla oturup iki çift sohbet edememiş ben, nasıl olur da karşımdakini bir davranışıyla tanıyacak kadar tecrübeli olabilirim ki?" diye karşılık vermişti. Hem yıllardır evli olan arkadaşı Hayati de şöyle demişti: "İnsanlar değişir dostum. Ama değişen insanlar sadece sevenlerdir. İnsan sevince bahane değil, çözüm arar. Sorunları büyütmez, küslükleri uzatmaz ve sevdiklerini küçük şeyler için kırmaz. Seven insanlar küs uyumaz. Uyuyamaz. Ayrılıklar birbirine sabrı kalmayanların, hayatı yan yana yaşayıp da ayrı hayal kuranların ve sürekli olarak geçmişi birbirlerinin yüzlerine vuranların işidir. Sevgi affeder dostum. Sevgi yormaz ve incitmez. Geliştirir, yeşillendirir ve çiçeklendirir insanı. Sevgi ve saygı, evli insanların bereketli toprağıdır. Ve bu toprak; zor zamanlarda birbirine sarılarak ağlayan sevgililerin gözyaşlarıyla, mutlu zamanlarda evin içinde çınlayan şen kahkahalarıyla ve bıkmadan, usanmadan birbirinin gözlerine bakarak, 'İyi ki varsın' itiraflarıyla beslenir. Bu toprak yalanı sevmez dostum. Saygısızlığı affetmez ve güvensizlikte ise çöle döner. Bu kız seni gerçekten seviyorsa değişir. Yaptığın uyarıyı sonuna kadar doğru buluyorum. Ama şunu da eklemeden yapamıyorum. Ne ailenin söyledikleri ne de benim şu anlattıklarım yaşanmamış bir hayat karşısında hükümsüzdür. İnsanı söyledikleriyle çözemezsin. Yani benim güzel dostum, kim ne söylerse söylesin bir insanı yaşamadan bilemezsin." Yaşayacak ve görecekti.

Ben bunu kendime nasıl yaptım?

Sözlerin hükmünü yitirdiği, gözlerin duygularla kör edildiği ve sadece âşık olanların ne anlama geldiğini bildiği bir süreç vardır insan hayatında. Hani mantığın, "Bu insanda hoşuma gitmeyen bir şeyler var," diye haykırdığı ama yüreğin, "Ama biz onunla mutluyuz," diyerek aklı susturduğu anlar. Hani bir uçurum kenarında yürürsün de gözlerinin ısrarla yanındaki derin boşluklar yerine, papatya tarlalarıyla bezenmiş düz ovaları gördüğü anlar. Sana gösterilenlerin kayıtsız ve şartsız doğru olduğunu yüreğinle onayladığın anlar. Hani, "Ben bunu kendime nasıl da yaptım? Nasıl da aldandım ve inandım?" dediğin anlar. Aylar sonra gecenin bir yarısında, pencerenin kenarında sessizce ağlayan Hakan'ın kendi kendine sorduğu sorular da bunlardan farksız değildi.

Mutsuzdu. Aradan geçen şu kısa sürede hiç yıpranmadığı kadar yıpranmıştı. Arada kalmıştı. Hayalleriyle gerçeklerinin arasında sıkışıp kalmıştı. Oturduğu koltuktan kalkarak yatak odasına geçti. Yaptığı tüm kötülüklere rağmen keyifli bir şekilde uyuyan Mihriban'ı izledi bir süre. Bir insan, bir insanı mutsuz edip de, nasıl bu kadar huzurlu bir şekilde uyuyabilir diye düşündü içinden. Sonra tekrar yaşadıklarını düşündü uzun uzun. Sırf tatsızlık çıkmasın diye içine attıklarını, fedakârlıklarını ve sevdiği kadın uğruna yaptıklarını, yapmadıklarını düşündü.

Bir kâbus gibi çökmüştü Mihriban hayatına. Eski yalnızlığını özlediğini hissetti. "O sigarayı gözlerine baka baka söndürdüğünde bitecekti bu iş," dedi kendi kendine. Orada, işte tam da orada gerçek kişiliğini göstermişti Mihriban. "Bak Hakan, işte tam olarak ben buyum. Seni üzerim, hayatını mahvederim ve seni pişman ederim," demişti. İmzayı attıktan sonra, bir anda nasıl da değişmişti. İlk önce ailesini bir anda silmişti. Selamı sabahı kesmişti. Peki, yardım etmekten, gelinlerini el üzerinde tutmaktan başka ne yapmıştı bu insanlar Mihriban'a? Hiçbir şey. Ailesini ziyaret etmek istemeyişinin yanında, onları evine de kabul etmemesinin nasıl haklı bir sebebi olabilirdi? Onlar maddi manevi her konuda yanlarında olmamışlar mıydı? Her geldiklerinde gelinlerine hediyelerle gelmemişler miydi? Kızımız mutlu olsun diye her istediğini önüne sermemişler miydi? Küçük bir ilgiyle, büyük mutluluklar yaşayan insanlardı onlar. Daha fazlasını hiçbir zaman talep de etmemişlerdi, beklememişlerdi de. Peki, tüm bunlara karşılık Mihriban ne yapmıştı? Kendi annesini haftada birkaç kez ziyaret ederken, zahmet edip üst kata Hakan'ın ailesine çıkmak istememişti. Aradan haftalar geçmesine rağmen eşinin ailesini evine kabul etmemişti. Hakan'ın ısrarıyla kabul ettiğinde ise, hasta olduğu bahanesiyle odasından çıkmamıştı. Annesiyle çarşı pazar gezip alışverişler yaparken, Hakan'ın ailesine bir kahve içmeye bile uğramamıştı. Ev işlerinde Hakan'a yardım etmeye pek yanaşmıyordu ve genellikle soğuk bir tavrı vardı. Bir insan ortada hiçbir şey yokken nasıl bu kadar değişebilirdi? İlginin, sevginin ve desteğin en büyüğünü gördüğü insanlara nasıl böylesine vefasızlık edebilirdi? Yüzüne gülen ve, "Yeter ki siz mutlu olun," diyenlere nasıl sırtını dönebilirdi? Hakan ve ailesi, bu soruyu bir türlü yanıtlayamıyordu. Ana ve baba yüreği, oğullarının yuvalarının yıkılmasını da istemiyorlardı. Hele şu kısa zaman içerisinde, "Yıllardır komşuluk yaptığımız aileyi ve kızlarını tanıyamamışız," diyemiyorlardı. Hakan, tüm bu olumsuz davranışlarının sebebini birçok kez Mihriban'a sormuş ve her seferinde, "Ben seninle bu işler için ve ailene gelinlik etmek için evlenmedim. Yapabildiğim kadarıyla idare edeceksin. Beğenmiyorsan gidersin," yanıtını almıştı. En kötüsü de, bu sistematik işkenceye Hakan da istemsizce alışmaya başlamış ve sesi soluğu çıkmaz olmuştu. Mihriban ve annesi Hakan'ın omuzları üzerinde bir saltanat kurmuşlar ve bu durumu, "İşine gelirse," diyerek özetlemişlerdi.

Son zamanlarda bu süreci etkileyen yeni bir gelişme olmuştu. Bir gece yarısı Mihriban, Hakan'ın kulağına, "Bir çocuk istiyorum Hakan," demişti. İlerleyen günlerde Mihriban'ın annesi de bulduğu her fırsatta Hakan'a, "Evinizin dalı yaprağı güzel de, çiçeği eksik damat," diye sözler eder olmuştu. Ailesi bu konuya kesinlikle karşı çıksa da Hakan'ın kafasında yeni bir soru dolaşmaya başlamıştı: Bir çocuk Mihriban'ı değiştirir ve bu evliliği kurtarır mı acaba? Bir mucizeye ihtiyacı olan Hakan'ın, aradığı mucize bir çocuk olabilir miydi?

FADİLE NİNE

Fadile derler adına. Asıl adı Fadime. Hakan'ın ninesi. Seksenini geçmiş olmasına rağmen hâlâ bağıyla, bahçesiyle uğraşacak kadar güçlü ve köyünde yalnız yaşayacak kadar da kendine güveni olan koca bir çınar. Fadile nine tam bir Osmanlı kadını. Yüzü sert görünse de, yüreği yumuşacık. Aklına yatmayanı hiç kimse ona kabul ettiremez. İşte bu yüzden, köyde biri bir konuda inat etse, "Sende Fadile inadı var," derler. Sadece sülalenin değil, tüm köy için de sevilen ve sayılan bir figür. Yıllar önce eşini kaybettikten sonra, terk edememiş eşinin ayak bastığı, emek verdiği bu toprakları. Oğullarının, "Buralarda tek başına olmaz anne. Gel bizimle kal artık," tekliflerini, "Beni ayakta tutan bu topraklar. Babanızın şu evdeki hatıraları. Ben her sabah namazından sonra, şu mezarlığın üzerinden güneş doğarken, babanızın hatırasına dua etmezsem huzur bulamam. Benim daha uzun ve sağlıklı yaşamamı istiyorsanız beni yerimden oynatmayın," diyerek geri çevirmişti. Fadile nine, bir başka düşkündü Hakan'a. Hakan da ona. Çocukluğunda, her yaz tatilinde ninesine gelir ve onunla bağ bostan dolaşırdı. Sabahları erkenden kalkar, kümesten yumurtaları toplar ve köy çeşmesinden sularını taşırdı. Her gece uyumadan önce, ninesinin anlatacağı destansı hikâyeleri iple çekerdi.

Son zamanlarda ise pek görüşememişlerdi. Fadile ninenin yaşlılığı ve Hakan'ın sorunlu evliliği onları birbirinden uzaklaştırmıştı. Ta ki bir sabah annesinin telefonda, "Babaannen geliyor oğlum. Seni görmek istiyormuş. Öğlen evde olabilir misin?" demesine kadar. Fadile nine, olağanüstü bir durum olmadan köyünden asla çıkmazdı. Fadile nine şehre geliyorsa eğer, ya bir düğün vardır ya da cenaze. Bu ziyaret kesinlikle sıradışı bir durumdu.

Hakan, ninesinin geleceğini ve onu ziyaret etmek istediğini Mihriban'a söyledikten sonra evden ayrıldı. Mihriban, düğününde gördüğü bu yaşlı kadını da sevmemişti. Düğün sonrası elini öptüğü bu yaşlı kadının, ruhunu daraltan bakışlarının etkisinden uzun süre kurtulamamıştı. Dolayısıyla Hakan'la birlikte gitmek yapmak isteyeceği son şeydi.

Hakan, anne evine geldiğinde ninesi çoktan gelmiş ve yorgunluk kahvesini yudumluyordu. Hakan'ı salonun kapısında gören ninesi, kahvesini sehpanın üzerini koyarak torunu uzun uzun süzdü. Hakan, ninesinin elini öptükten sonra merakla önce annesinin, sonra da ninesinin gözlerine baktı:

– Hayırdır nine? Hangi rüzgâr attı seni buralara?

Ninesi, torununun elinden tuttu:

– Sen çağırdın, ben de geldim oğlum.

Hakan, babası ile annesine şaşkınlık içinde baktı:

– Ben mi çağırdım nine?

– Evet oğul. Sen çağırdın. Hem de öyle bir çağırdın ki, bir gün bile bekleyemedim seni görmek için.

Sadık Bey araya girdi:

– Her zaman başımızın üzerinde yerin var anne. Ama şu söylediklerinden hiçbir şey anlamadık. Hakan mı aradı seni?

Fadile nine, yüzünü torununa doğru çevirdi. Yaşlı ve yorgun gözleriyle Hakan'ın ruhunun derinliklerinde gezindi kısa bir süre. Ne Hakan gözünü alabildi bu derin bakışlardan ne de Fadile nine gözlerini çekti. Sonra, gözlerinden iki damla yaş süzüldü buruşmuş yanaklarının kıvrımlarına. Kısa süren bu anı, Sadık Bey ve Necibe Hanım nefeslerini tutarak izlediler. Fadile nine, cebinden çıkardığı mendille gözlerini sildi. Derin bir nefes aldı. Titreyen dudaklarıyla konuşmaya başladı.

– İki gün önce tuhaf bir gün yaşadım. Sabah namazımı kıldıktan sonra, her zamanki gibi rahmetliye dua edip tekrar uzandım yatağıma. Bir saat ya uyudum ya uyumadım hatırlamıyorum. Ama sular içinde uyandım. Ben hayatımda bu kadar terlediğimi hatırlamıyorum Sadık. Gördüğüm rüyanın etkisini kaç gündür üzerimden atamıyorum. Rüyamda köydeki evde oturuyoruz. Rahmetli baban da, her zaman oturduğu mindere kurulmuş çayını içiyor. Hakan'ımın da yaşı küçük ama aklı şimdiki yaşlarında. Rüya işte. Ara sıra içeri girip dedesiyle güreşiyor, ara sıra da dışarı çıkıyor ve tavukları kovalıyor. Neyse sözü uzatmayım. O ara gök bir anda karardı. Güneş siyah bulutların arkasında söndü gitti. Bir dolu, bir yağmur, bir çamur yağmaya başladı ki, göz gözü görmüyor. O an gözlerim Hakan'ı aradı ama bulamadı evde. "Hakan" diyerek dışarıya fırladım. Siz de peşimden geldiniz. Sağa seslendim, sola seslendim ama çocuk yok. Nasıl feryat figan bağırıyorum anlatamam. Bu arada ne gariptir ki sizden hiç ses çıkmıyor. Başınızı öne eğmişsiniz çaresizce yanımda dikiliyorsunuz. "Sadık, Necibe niye çocuğu aramıyorsunuz?" diye size sinirleniyorum. O arada Hakan'ın sesini duyuyorum. Hakan'ım, aşağıdaki bahçenin ortasında boğazına kadar çamura saplanmış debelenip duruyor içinde. "Nine beni kurtar," diye ellerini açmış beni çağırıyor. Ben yaklaştıkça çocuğum çamurun içinde daha da çok kayboluyor. Yanına varınca minik ellerinden tutuyorum. Gözlerime uzun uzun bakıyor. Sonra yalvarırcasına, "Kurtar beni nine," diyerek ağlamaya başlıyor yavrum.

Fadile nine rüyasını anlatırken salonda herkes başlarını öne eğmişti. Fadile nine gözyaşlarını silerken, Necibe Hanım ve Hakan da zor tutuyorlardı kendilerini. Sadık Bey yavaşça yerinden kalkarak balkona geçti. Fadile nine kendisini toparladıktan sonra gelinine dönerek söze girdi:

– Necibe kızım, nedir sizin bu haliniz? Yağmur vurmuş ekin tarlası gibi dağıldınız bir anda. Rüyayı gören benim, yaşayan sizsiniz sanki.

Necibe Hanım, yanaklarından akan yaşları silerek oğluna baktı.

– Hakan anlatsın anne. Ne yaşıyorsa yavrum o evin içinde, en iyi kendisi anlatır.

Fadile nine kaşlarını çattı:

– Karınla sorunların var, değil mi oğlum? Ev olmadı o kızdan, değil mi? Canını yakıyor, uykularını kaçırıyor, huzur vermiyor, değil mi? O şirin yüzünün altından hiç de tahmin etmediğin başka bir yüzü çıktı, değil mi? Boğuldun, değil mi oğlum? Şu kısacık zamanda, hiç de yaşamadığın kadar yoruldun, değil mi kuzum? Söylesene kaç parçaya böldü seni? Yüreğin yanıyor, değil mi oğlum?

Hakan'ın dik duran omuzları, ninesinin her sözünün ardından biraz daha düştü. Yüzüne derin bir hüzün, göğsünün üstüne de dağlar oturdu. Gözlerini kaldırıp bakamadı, sorularına cevap bekleyen ninesinin yüzüne. Sonra sessizce mırıldandı yere bakarak:

– Tanıyamamışız be nine. Bilemedik. Bilemedik.

Necibe Hanım söze girdi:

– Kaç yıllık komşumuzdu anne. Sözümüz, sohbetimiz vardı. Birlikte o kadar vakit geçirdik. Aklımız almıyor bu değişimi. Üstelik ortada hiçbir neden yokken, bu kız niye bize böyle davranıyor anlayamıyoruz. Ne istiyor, neyin ya da kimin sözüne inanıp bizi dışlıyor bilemiyoruz. Ne ben ne de Sadık ömrümüz boyunca böyle bir yanlışa düşmedik. Bir insan hakkında hiç bu kadar yanılmadık anne. Çocuğumuzun yuvası bozulmasın diye demiyoruz hiçbir şey. Zamanla düzelir diye dua edip bekliyoruz.

Fadile nine yumruğunu sıkıp sertçe sehpaya vurdu.

– Düzelmez kızım. Dağların yer değiştirdiğine inanırım da insanların değişeceğine inanmam asla. Bu kız bulmuş sizin gibi sessiz bir aileyi, biner de biner tepenize artık. Hakan'ım dersen, ağzı var dili yok. İyi kazanıyor, ince düşünüyor, insanlar kırılmasın diye kılı kırk yarıyor, mutlu ettikçe mutlu oluyor ve sesini asla yükseltemiyor. Oh ne âlâ hayat. Bu kızın değişmesi için hiçbir neden yok. Allah şahidim olsun ki, o gün düğünde o kızın gözlerinin içine baktığımda, içinde gizlediği iblisi gördüm. O benden hazetmedi, ben de ondan. Bu gelin benim içime sinmedi. Ve bir insan ilk gördüğümde içime sinmezse benim, sonunda mutlaka haklı çıkıyorum.

Sadık Bey, konuşulanları balkondan dinliyordu. Duyduklarına daha fazla dayanamayarak hızla salona girdi:

– Şimdi bunları konuşmanın ne anlamı var anne? Olan olmuş zaten. O gün düğünde de söylesen bunları, bu düğün yine olacaktı. Bu acı çekilecekti. Bu pişmanlık hissedilecekti. Şu konuşma yapılacaktı. Yani bir şey değişmeyecekti. Bunun akıllı olmak veya haklı olmakla bir alakası yok anne. Bu kader. Bu yazgı. Bu çocuk, bu kızla yine evlenecekti. Keşke insanların niyetlerini ve gerçek kişiliklerini gösteren bir program olsaydı da evlenmeden önce gelin hakkında emin olsaydık. Ama yok anne. İnsanların Mars'a ayak bastığı şu yüzyılda, insanların niyetleri hâlâ keşfedilemedi maalesef ki... Yani, biz hâlâ bir insanı yaşamadan bilemiyoruz, tanıyamıyoruz anne. Kağnı devrildikten sonra akıl veren çok oluyor. Bu çocuk evleneli daha bir yıl bile olmadı. Ne yapalım yani? Boşansınlar mı?

Fadile nine Hakan'a dönüp baktı:

– Sen bu kızı hâlâ seviyor musun oğul?

Hakan gözlerini herkesten kaçırarak şöyle söyledi:

– Sevmiştim nine. Gerçekten de çok sevmiştim. Geceleri "Mihriban" türküsünü dinlemeden uyuyamayacak kadar sevmiştim. Ayaklarım yerden kesilecek, aklım başımdan gidecek kadar sevmiştim. İstese, her şeyi ayaklarının önüne serecek kadar sevmiştim. Ama şu an ne diyeceğimi bilemiyorum. Bir erkeğin hayatına iki kadın mührünü basar nine: Biri annesi, diğeri ise eşi. Hangisi diğerine art niyetli yaklaşırsa, oğlunu ya da eşini diğerine karşı kötü niyetli kullanırsa, işte o an erkek mecburi bir yol ayrımına girer nine. Mihriban'ın beni ailemden soğutmaya çalıştığının farkındayım. Üstelik ailem bunu hak edecek hiçbir şey yapmadığı halde. Eviyle ilgilenmiyor. Benimle ilgilenmiyor. Kurabildiğimiz tek iletişim, evin ihtiyaçları ve aldıklarının parasını ödemekten ibaret. Bana karşı ağır ifadeler kullanıyor. İşten eve geldiğimde kapıyı somurtarak açıyor. Sürekli başka kadınları örnek gösteriyor bana. Gezdiklerinden, giydiklerinden, hayallerinden bahsediyor. Sahip olduklarına bakıp şükretmek yerine, sahip olamadıklarından şikâyet ediyor. Ama en güzel evde oturuyor. Pahalı mağazalardan alışveriş ediyor. Sabahtan akşama kadar geziyor. Ben neden böyle davrandığını sorduğumda ise, "Bu benim hakkım," diyor. Annesi yapmazsa evimize ev yemeği girmiyor. Çok şeyi dışarıdan sipariş veriyor. Ve tüm bu olumsuzluklara rağmen bir de çocuk istiyor. Bu kadını hâlâ seviyor musun diye soruyorsun ya, ona karşı hissettiğim büyük bir sevgi var içimde. Ama o sevginin karşısında öyle bir öfke büyüyor ki bu öfkeye hiçbir sevgi karşı koyamaz nine. Nihayetinde nefret, sevgiden daha güçlü ve daha derin bir duygu. Oysa biraz adım atsa bana, yalandan da olsa aileme karşı iyi niyetli olsa, biraz sevgi gösterse, o yine benim türküdeki gibi "aşkına hudut çizemediğim" Mihriban'ım olur. Ve birçoğu bilmez bu şiirin son dörtlüğünü. Der ki son dörtlükte:

Tarife sığmıyor aşkın anlamı,
Ancak çeken bilir bu derdi, gamı,
Bir kördüğüm baştan sona tamamı
Çözemedim, çözülmüyor Mihriban.[1]

Yani benim güzel ninem, bir kördüğümün içindeyim. Çözemedim, çözülmüyor.

Fadile nine yerinden kalkarak Hakan'ın yanına oturdu. Torununun saçlarını okşadı.

– Çözülecek oğlum. İyi ya da kötü çözülecek bu sorun. Keşke daha önceden haberim olsaydı. Rabbim o rüyayı keşke çok önceden bana gösterseydi de çıkıp gelseydim. Sen karanlık kuyular içinde çırpınırken biz nasıl da bilememişiz halini. Keşke çıkıp yanıma gelseydin, eski günlerde olduğu gibi yine dertleşebilseydik.

---

1 "Mihriban" şiiri - Abdurrahim Karakoç.

– Söylenmiyor nine. Ben birçok şeyi içimde yaşayan bir insanım. Bilirsin beni.

– Rahmetli annem hep derdi ki bana oğul: "Hiçbir şeyi içine atma yavrum. İçine atıp dert sahibi olacağına, konuş da dert sahibini bulsun." Bana o rüyayı gösteren kudret, bu derdin çözülmesini istiyor ki beni buraya kadar getirdi. "Torunun zor durumda Fadile, git ona yardımcı ol," dedi.

Fadile, ayakta bekleyen oğluna "otur" diye el işareti yaptıktan sonra arkasına yaslandı:

– Bu iş bugün çözülecek Sadık. Bu çocuk bugün bu dertten kurtulacak Necibe. Kimin ne dediği umurumuzda bile olmayacak. Elâlemin hiçbir sözü şu çocuğun içindeki yangından daha değerli değil benim için. Bu çocuk, iki arada bir derede kalmış. Ve bir evlilikte gitmekle, kalmak arasında boğuşmak kadar yorucu bir şey daha yoktur. Bu şirret gelin, yarın bir de çocuk peydahlarsa oğlandan, o zaman ne yapacaksınız Sadık? İşte o zaman seyredin cümbüşü siz. Maddi ve manevi biner tepenize vallahi. Tazminatını, nafakasını paşa paşa alır. Buna rağmen çocuğuna da bakmaz. Size baktırır. Kendisi de yer içer gezer annesiyle. Çevrene hele bir bak Necibe? Yok mu anlattığım tarife uyan komşuların, tanıdıkların, duydukların? Ölüm haricinde her şeyin çözümü var. Bu kız hak etmiyor seni yavrum. Sevgini, sunduğun imkânları ve bu aileyi hak etmiyor. Hep derim ben, "Kimileri sevilmekten, kimileri ise sürünmekten hoşlanır," diye. İnsanları sevgi değiştirmiyorsa, değer vermek değiştirmiyorsa ne değiştirebilir oğlum? Bu kızın değişmeye niyeti yok. Aksine seni değiştirmeye çalışıyor. Nimetin kıymetini bilmiyorsa bırak sürünsün. Böylelerine zerre kadar acımam ben. Acıyana da kızarım.

Hakan, düşmüş yüzünü yerden kaldırdı:

– Doğru söylüyorsun nine. Ben o kızın elinde oyuncak oldum. Eski günlerimi arar oldum. Uykularımdan, gülümsemelerimden oldum. Severek ve sabrederek bir yere kadar yürüyor. Sonrası çileye dönüşüyor. Ben eşimi koluma takıp annemin evine rahatça gelemeyeceksem, yaptığı yanlışı yüzüne söylemeyeceksem ve heyecan içinde işten evime dönemeyeceksem ne gereği var birlikte yaşamanın, evli olmanın? Kendine, eşine ve evine bakmaktan aciz birini daha ne kadar sırtımda taşıyabilirim? İnceldiği yerden kopsun.

Sadık Bey kararlı bir ses tonuyla araya girdi:

– O zaman beklemenin bir anlamı yok oğlum. Ben yarın avukat arkadaşımın yanına uğrar ve usulü öğrenirim. Sen de en kısa zamanda evden ayrıl ve gel yanımıza. Sonrasında neler yapacağımızı duruma göre konuşuruz. Bu konuyu da daha fazla konuşup sinirlerimi bozmayın. Bir kumar oynadık ve alnımızın akıyla kaybettik der ve geçeriz.

– Ben de bu iş çözülene ve yoluna girene kadar burada kalacağım Sadık. Hakan'ım huzur bulmadan köye dönmem. Hazırlıksız geldim. Bir ara birlikte köye gidelim birkaç parça eşya getirelim. Herhangi bir avukatla olmaz bu iş Sadık. En iyi avukatı tutacaksın. Parasını ben vereceğim. O kıza, zırnık bile koklatmayacağız. İlahi adalet zaten er ya da geç tecelli eder. Biz diğerini de sonuna kadar zorlayacağız. Evladımın emeği sonuçta. Zayi olmasını istemem. Hakkımızda hayırlısı olsun.

Karar verilmiş ve izlenecek yollar belirlenmişti. Hakan'ın ailesinin ve Fadile ninenin yüreği biraz da olsa huzur bulmuştu. Peki ya Hakan? Mutlu muydu gerçekten? Kolay mıydı onun için, ne hayallerle kurduğu bir evi dağıtmak? Aslında hâlâ için için sevdiği bir kadının karşısına geçip, "Bitti artık," demek. Ama o da adı gibi biliyordu kendisini değersiz ve önemsiz hissettiren insanı silmesi gerektiğini. Yüreğini geride bırakıp aklı başında çekip gitmesi gerektiğini. Ve geçip Mihriban'ın karşısına, "Şu dünyada hiç kimse vazgeçilmez değildir," diyerek son noktayı koyması gerektiğini. Bu akşam bu konuşma yapılacaktı.

Eve vardığında Mihriban evde yoktu. Yatak odasına geçerek eşyalarını hazırlamaya başladı. Titreyen ellerine ve boncuk boncuk akan gözyaşlarına bir türlü engel olamıyordu. Valizini kapattığında ise hıçkırıklar içiresinde yatağa uzandı. Mihriban'ın yastığa sinmiş kokusu geldi burnuna. "Neden Mihriban neden? Bunu neden yaptın bize?" diyerek yastığı yumrukladı. Annesinin evinden kendinden emin ve kararlı ayrılmıştı. Oysa şimdi, yanan bir yürekle ve kafasında gelip giden düşüncelerle baş başa kalmıştı. Sonra hızla ve silkinerek kalktı yataktan. Banyoda yüzünü yıkadıktan sonra aynadaki yansımasına baktı. Gözleri ağlamaktan kızarmıştı. Aynaya biraz daha yaklaşarak, "Beni en iyi, yine ben anlarım. Ben derdimi yine kendime anlatırım," diyerek kendiyle konuşmaya başladı. "İçinde hâlâ inatçı iyimserliklerin var. Ama bilmez misin ki ne kadar parçalanırsan parçalan, karşında göreceğin manzara yine aynı olacak. Evet, bir hata yaptın. Çok emin olduğun bir insan hakkında fazlasıyla yanıldın. Ama şimdi gitme ve kendini affetme zamanı. Hayata bir yerden tekrar başlayacaksan eğer, önce vazgeçmeyi, unutmayı ve kendinle barışmayı öğrenmen gerek. Evet, şu iyi niyetlerinden, inci fikirlerinden ve iyimserliklerinden yeri geldi fazlasıyla nefret ettin. Evet, tüm fedakârlıklarına rağmen yaşadıklarını hak etmedin. Kafanda sorularla boğuştuğun ne gündüzler, uykusuz kaldığın ne geceler geçirdin. Ama sen busun. Dünya bu. İnsanlar bu kadar. Kötü olamazsın. Dünyayı değiştiremezsin. Ve insanların sana davrandığı gibi onlara karşılık veremezsin. Şu hayat seni yıpratacak, yoracak ve birçok kez yaralı bırakacak. Ama yine bir gün, geçip şu aynanın karşısına, 'Çok şükür ben bir insanım. Sizin gibi değilim,' diyeceksin. Gün gelecek, şu üç günlük dünyada kırıla döküle nasıl yaşanır, onu da öğreneceksin. Öğreneceksin Hakan. Öğretecekler." Akşama doğru Mihriban ellerinde alışveriş çantalarıyla eve girdi. Daha ayakkabılarını çıkarmadan heyecanla konuşmaya başladı:

– Neler neler aldım bir bilsen. Özellikle aylardır aradığım ayakkabıyı sonunda buldum. Görünce sen de çok beğeneceksin eminim. Köşe başına dürümcü açılmış. Oradan da dürüm sipariş ettim. Sen seversin diye.

Mihriban, Hakan'dan ses çıkmayınca elindeki poşetleri olduğu yere bırakarak hızla salona geçti. Hakan'ı tekli koltukta oturur halde buldu. Telefonundan yükselen "Mihriban" türküsü ortama buruk bir hava katmıştı. Hakan'ın yorgun ve kızarmış gözlerine bir süre baktıktan sonra sordu:

– Neyin var senin? Hasta mısın?

Hakan gözlerini hiç ayırmadı eşinin gözlerinden. Bazen yumuşacık, bazen ise öfke dolu bakıyordu. Gerginliği her halinden belliydi. Mihriban tekrar sordu:

– Hakan bir şey mi oldu?

Hakan sakin bir ses tonuyla sordu:

– Mutlu musun Mihriban?

Mihriban bu soru karşısında şaşırmıştı:

– Evet, çok mutluyum Hakan. Neden böyle sordun ki şimdi?

– Neden mutlusun Mihriban?

Mihriban hiç de alışık olmadığı bu sorular karşısında bir süre durakladı. Sonra cevap verdi:

– Bu sorular ne anlama geliyor Hakan? Ne anlatmak istiyorsun bana? Senden hiç beklemediğim sorular bunlar.

Hakan öne doğru eğilerek eşinin gözlerine biraz daha yaklaştı:

– Ben mutlu değilim Mihriban. Üstelik bu mutsuzluk benim içimi kavuruyor. Beni uykusuz bırakıyor. Sen bu kadar mutluyken, benim mutsuz olmam sence normal mi? Sence evlilik bu mu? Yani hep birinin diğerini sırtında taşımasından, hep alttan almasından ve her zaman birinin ihtiyaçlarının karşılanmasından mı ibaret evlilik? Biri cefa çekerken, diğerinin olup bitene hiç aldırış etmeden sefasını sürmesi mi? Ben mutlu değilim Mihriban. Senin ilgisizliğinden, sevgisizliğinden ve aileme karşı tavrından mutlu değilim. Sen kendine göre bir hayat kurmuşsun benimle evlendiğin gün. Ve biz içinde yokuz. Evet, sessiz, saf ve mülayim bir insan olabilirim. Ama asla aptal değilim. Çok şeyin farkındayım. Sabırlı olabilirim. Ama bu yönümü kullanarak beni ezmene asla izin vermem. Ve seni hâlâ deliler gibi seviyor olabilirim. Ama yüreğimin sesinin aklımın önüne geçmesine izin vermeyeceğim artık. Şaşıracaksın ama benim de kırmızı çizgilerim var. Belki farkında değilsin ama benim de bir ailem var. Sevgiyle hiç dokunmadın ama benim de bir yüreğim var Mihriban... ve uzun zamandır kırgın, yorgun, paramparça yüreğim. Bir gün şu kapıyı, "Seni çok özledim," diyerek açtın mı yüzüme? Bir akşam şu kapıdan yaptığın alışverişleri değil de, benim adımı anarak girdin mi içeriye? Sadece bir akşam olsun, bir yemek yapıp, güzel bir masa hazırlayıp, gündelik pijamalarınla değil de aldığın o güzel kıyafetlerinle karşıladın mı beni? Sabahları yanağımdan öpüp, "Günaydın," diyerek, söylesene kaç kez uyandırdın beni? Söylesene Mihriban; güler yüzün, aldığın o güzelim kıyafetlerin ve solunda atıp duran yüreğin benim için değilse kimin için? Ben kendimi sana anlatmaktan yoruldum. Burnumun dibinde yaşayan can yoldaşım, eşim beni duyamayacaksa, anlamayacaksa ve üzerine herkesten daha fazla yoracaksa o zaman aynı çatı altında yaşamanın ne anlamı var? Eğer kıymetini bilmezsen, varlığına şükretmezsen ve sevginle beslemezsen çok şey gider senden Mihriban. Benim gibi giderler senden.

Mihriban, oturduğu yerden ayağa kalkan eşini şaşkınlıkla izledi bir süre. Hemen arkasından yatak odasına girdi. Hakan'ın elindeki bavulları görünce gözleri büyüdü, dudakları titredi. Kapının önünde hareketsiz bir şekilde eşine baktı.

– Nasıl yani? Gidiyor musun gerçekten?

– Gidiyorum. Bitti artık. Bittik.

Mihriban kapının önüne geçti:

– Hayır. Buna izin veremem. Böyle olmaz. Annem de gelsin, oturup konuşalım Hakan.

Hakan acı acı gülümsedi:

– Annen mi? Bizim sorunlarımızı annen mi çözecek? Komiksin gerçekten.

– Tamam, biz halledelim. Bana bir şans daha ver Hakan. Söz veriyorum düzeleceğim. Beni sevdiğini biliyorum. Lütfen.

– Bunu bana yapma Mihriban. En azından şu an bunu yapma. Hayatında bir kez olsun samimi ol. Hayatında bir kez olsun bana karşı dürüst ol. Seni sevdiğimi zaten hep söylüyorum. Söylemekle kalmıyorum, bunu sana davranışlarımla da gösteriyorum. Sorun benim seni sevmemde değil. Senin bunun kıymetini bilmemende. Beni nasıl kullanacağını çok iyi biliyorsun. Zayıf noktalarımı ve nereden vuracağını iyi ezberlemişsin. Ama bir şeyi atlamışsın sevgili eşim. Eğer bir karar vermişsem ben, yüreğim kal dese de onu ayaklarımın altına alır ve aklı başında bir şekilde çeker giderim. Şu an yapacağım gibi. Çok şey söylendi geçmişte, çok şeyin üstü sevgimle örtüldü ve çok şey değişir diye beklendi sende. Ama olmadı. Geriye acı bir "elveda" kaldı sadece. Onu da fazla bekletmemek lazım. Elveda Mihriban. Elveda aşkına hudut çizemediğim ama bir arada da yapamadığım kadın. Elveda.

Sonrasında kimin mutlu, kimin mutsuz olduğuna sen karar ver. Karar verirken bir bak etrafına. İnsanların hayatlarını zehir edenlerin, gerçek niyetlerini gizleyenlerin ve insanları değil, insanların sahip olduğu imkânları sevenlerin sonlarına bir bak. İlahi adalet bazen gecikmez. Allah, yapılanların hesabını bazen mahşere kadar bekletmez. Mazluma, zalimin o acı sonunu dünya gözüyle gösterir. Hakan da çok beklemedi, uykusuz geçirdiği o mutsuz gecelerin karşılığını. Ama yine de içi yandı, kalbi acıdı, Mihriban'ın yıllar sonra neler yaşadığını duyunca. Gözünden bir damla yaş akıttı, aşkına hudut çizemediği kadının bir zalimin eline düştüğünü öğrenince. Başkası olsa, "Oh olsun," derdi ama Hakan diyemedi. Komşularının anlattıklarını dinlediğinde, "Ah be Mihriban," diyebildi sadece.

Duygusal olarak hırpalanmış, ruhen yorulmuş ve tüm iyi niyetlerine rağmen bir kenarda unutulmuş insanların dudaklarından hep aynı söz dökülür:

"Ben tüm bu yaşadıklarımı hak edecek ne yaptım?"

Unutma:

İleride mutsuz günlerine bir sebep ararken,
önce geride kimlerin ahını aldığından,
kimleri yaralı bıraktığından ve kimlerin
kıymetini bilmediğinden başla.
Unutma ki gözyaşı ekenler,
gün gelir sebep olduğu gözyaşlarının
çok daha fazlasını dökerler.

Sana bırakıyorum

İşte bu yüzden korktum hep, bir insana tekrar alışmaktan. Ben plansız, oyunsuz, yerine göre gurursuz olduğum gibi, tam içimden severim diye kaçtım insanlardan. Çünkü bu benim en zayıf yanımdı. En yaralı yanım ve en çocuksu halimdi. Eğer öğrenirlerse acımazlardı ve çekinmezlerdi tekrar tekrar yaralamaktan. Sözcüklerimi dikkatli seçmeliydim. Duruşum mesafeli ve duvarlarım ise yüksek olmalıydı. Çünkü korkar oldum artık yanlış anlaşılmaktan. Şimdilerde ise cesaretim mi yok, yoksa güvensizliğim mi daha fazla bilmiyorum. Tek bildiğim atılan adımlara ürkek, atmak isteğim adımlarda ise kararsızım. Sıkılmış olsam bile yalnız kalmaktan, şimdiki vaziyetim budur. Ahım emeği geçenlerin arasında paylaştırılsın.

Bilirim ki;
kötü niyetlerini yüzlerinin arkasında saklayan
nice kulların var Allah'ım.
Bilirim ki;
Seni bana unutturacak nice imtihanların var Allah'ım.
Hayırların arkasından gelen nice şerlerin,
şer bildiklerimin arkasına saklanmış nice hayırların var.
Kul irademle aldığım tüm kararlarımı,
bilmediğim yarınlarımı ve tüm imkânsızlıklarımı
Sana bırakıyorum.
Vefasızların ve ne istediğini bilmeyen insanların
eline düşürme beni.

Alışamıyorum...

Aslında fazlasıyla yoruldum. Her şeyden ve herkesten fazlasıyla yoruldum. Yaşadıklarımdan ve yaşayamadıklarımdan yoruldum. Aslında ne var biliyor musun? Tüm yaşadıklarına rağmen hiçbir şey olmamış gibi yapan, çabuk unutan ve ayrıntılara takılmayan insanları fena halde kıskanıyorum. Ama ben bunu bir türlü beceremedim işte. Bir bakış, bir söz ve bir kötü davranış uykularımı, duygularımı ve sayısız saatlerimi benden alıyor. İnsanları kırmamak için gösterdiğim özeni ve inceliği karşındaki insanlardan görememek, nasıl büyük bir hayal kırıklığıdır anlatamam sana. Duygularını hızla kaybeden ve yüreğinden ayrı yaşayan şu insanlar arasından kırılmadan ve yorulmadan geçmek gerçekten çok zormuş. İnsanlar diyorum ne de kolay incitiyor, ne kolay siliyorlar birbirlerini. Sanki hiç tanışmamış, hiç birbirini yaşamamış ve hiç karşılaşmamış gibi. Ve başkalarıyla ne de çabuk tekrar samimi olabiliyorlar. Anlamakta zorluk çekiyorum. Bugün birbirine düşman olanları, birbirinin arkasından konuşanları, ertesi gün can ciğer görünce artık şaşırmıyorum. Ama böylesi bir samimiyetsizliğe de alışamıyorum. Onlar gibi olmak istemiyorum. Ama kendim olunca da mutlu olamıyorum. Bazen bu dünyaya ait olmadığımı düşünüyorum. Anlamadığım bir dünyada, biraz incelik arıyorum. Bulamıyorum.

Ve iyi niyetlerimden yara aldığım zamanlarda,
kendi kendime şu sözleri tekrarlıyorum:
Dur, yeter artık.

İnsanların garanti bildikleri,
nasıl olsa affeder diye sırtına bindikleri
ve sadece zora düşünce hatırladıkları insanlardan
olma artık diyorum.
Her kapına düşene liman oldun da
sanki kıymetini mi bildiler?
Sen değil misin tüm fırtınaları tek başına atlatan?
Sen değil misin,
"Nasıl olsa anlamazlar beni," diyerek her şeyi içine atan?
Bak, herkes menfaatine göre insan seçiyor.
Biraz da kendini düşün artık.
Görmez misin?
Ömür dediğin ne de çabuk geçiyor.

Anla artık...

Neler neler öğretti bu hayat bana. Kimilerinden dersimi fazlasıyla aldım. Kimilerini ise hâlâ tecrübe ediyorum. Bazen haddimi aştığım zamanlar oluyor ve, "Bunu anlamam için bu kadar acıya ne gerek vardı?" diye soruyorum. Bazen ise, "Ben başka türlü akıllanmazdım," diyerek hayata teşekkür ediyorum. Bazen hayat, incitmeden ve yormadan veriyor dersini. Bazen ise, kafama vura vura, yüreğimi kıra kıra ve anlamadığım zamanlarda yine aynı karakterdeki insanları karşıma çıkara çıkara, "Artık anla," diyor. Neler öğrendiğime gelince...

Ben alttan aldığım sürece üstüme geldiklerini öğrendim. Mesafeli olmanın, beni birçok gereksiz insandan koruduğunu öğrendim. Köprüleri nerede atıp duvarları nerede yıkacağımı öğrendim. İnsanlara bir şans verirken iki kez düşünüyorum artık. Birincisinde, "Bir daha üzülürsem kendimi affedip affedemeyeceğimi," ikincisinde ise, "İnsanların buna değip değmeyeceğini," sorguluyorum. Gönlümü açmadan önce gözümü açmayı öğrendim. Çünkü gönül gözüyle baktığımda, bir zalimi bile sevimli gördüğüm günlerim oldu. Her duygusal kararı, biraz da mantık süzgecinden geçirmek gerektiğini, yüreğimin bana gitmemi söylediği yerlerden hep yorgun argın döndüğüm günlerde öğrendim. Şimdi bana neden bu kadar düşünüp, neden her şeyi bu kadar sorguladığımı soruyorsun ya, işte sebebi bu acı tecrübelerimdir. Geçmişimde unutmak istediğim o kadar insan ve bir o kadar kötü anılarım varken, seni sorgusuz sualsiz hayatıma dahil edemem. Bir başka kötü anıya dönüşmeni istemem. Unutamamak diyorum, benim gibi ince düşünen insanların en büyük imtihanı olsa gerek.

Unutamıyorum...

Haklı olduğuma inandığım konularda geri adım atmam.
Özür dilemesini bilmeyeni hayatımda tutmam.
Yumuşak bir yüzüm olsa da yeri geldiğinde serttir dilim.
Canım yanarsa eğer susmam.
Bir kere şans veririm insanlara.
Duruma göre bir kere affedebilirim.
Ama affettiklerimin yaptıklarını da asla unutmam.
UNUTAMAM.

Ben inanmayı seçiyorum...

Seninle birlikte yürümem için, üzgünüm ki birkaç sevgi sözcüğünün, aldığın birkaç kırmızı gülün ve yüzüne iliştirdiğin o tatlı gülüşün yetmez. Eskiden olsa, belki kapılır giderdim sana. İnsanlara bir anda inanma yaşım çoktan geçmiş sanırım. Yürek başka konuşuyor, gözler başka şeyler arıyor ve kulaklarım da her duyduğuna hemen inanmıyor. Sanırım bunun adına tecrübelerinden ders çıkarmak deniyor. Yani sana demek istediğim şu ki, şu an yanımda olman beni ne kadar mutlu etse de, yarınlarda yanımda olup olmayacağınla ilgileniyor aklım. Ve "insanları tanımadan duvarlarını yıkma" diyor mantığım. Bilmiyorum, senin içinde bu zamanı bana ve kendine tanıyacak kadar sabır ve sevgi var mı? Bilmiyorum, nefesin ve yüreğin yeter mi, insanlara karşı böyle güvensiz ve şüpheci olduğum için? Ama şunu iyi bil ki, acılarımı okşamadan saçlarıma dokunmana, yüreğimi ısıtmadan bana sarılmana ve önceliğinin ben olduğumdan emin olmadan bana yaklaşmana asla izin veremem. İnsanları çok iyi tanıyorum gibi iddialı sözler de etmeyeceğim sana. Ama kendimi kesinlikle iyi tanıyorum artık. Ne istediğimi ve neyi asla istemediğimi biliyorum. Yanlışıyla doğrusuyla, günahıyla sevabıyla, acısıyla tatlısıyla bu hayat benim. Ben kendimi her şeye rağmen yine de seviyorum. Sen yanımda olsan da geçecek bu ömür, olmasan da. Ama benim içimde hâlâ, hayatımda güzel şeyler olacağına dair bir umudum var. O güzellikler şimdiye kadar hayatıma hiç uğramamış olsalar da ben inanmayı seçiyorum.

Benim acımdan bakabilir misin dünyama?

Ben çok bekledim. Verdiğim değer kadar değer görmeyi, sevdiğim kadar sevilmeyi ve beklediğim kadar beklenilmeyi. Ve sonra anladım ki, insanlar benim beklentilerimle değil, benden ne alabilecekleriyle ilgileniyorlar. Onlar için bir şeyler yapmayı bıraktığımda ise, benden gidiyorlar. Ve bunu beni eksilterek, inciterek yapıyorlar. Sonrasında şaşıyorum onlara. Tüm yaptıklarına rağmen hiç utanmadan, sıkılmadan ve hiç pişmanlık duymadan nasıl da yaşıyorlar. Onlarda verdiklerim, bende ise hep insanlık kalıyor. Yani demem o ki, bu dünya iyi niyetli insanları çok fena hırpalıyor.

Sana şunu da söylemeliyim ki geçmişte yaşamayı seven insanlardan değilim. Ne kadar sayılı nefesim kaldı onu da bilmiyorum. Ama geçmişi düşünüp dizimi döverek ve gelmiş geçmişe söverek dipsiz bir kuyuya kendimi atmak da istemem. Yanlışlarımın bedelini fazlasıyla ödedim. Doğru bildiğim ve bu uğurda kaybettiğim her ne varsa, bunların da asla pişmanlığını taşımıyorum içimde. "Bugün olsa yine yapardım," dediğim o kadar çok şey var ki... Sonuçta hiç kimseye karşı kötü bir his beslemedim. Kötü olmak istediğim öyle anlarım oldu ki o zamanlarda bile kötü olmayı seçmedim. İnsanlarda sevilecek ve inanılacak güzel bir sebep aradım. Onlara şans verdim, zaman tanıdım. Yani demek istediğim, birçok konuda vicdanım çok rahat. Ve bu bana yeter. Neyse, tüm bunların ötesinde şu an ki zamanla daha çok ilgileniyorum. Çünkü zaman benim için çok değerli. Bir saniyemi bile enerjimi tüketecek ve ruhuma eziyet edecek insanlarla geçirmek istemiyorum. Samimiyet istiyorum artık. Ve başımı omuzuna koyduğumda varlığıyla beni mutlu edecek, gözlerim içine bakarak, "İyi ki varsın," diyecek bir yol arkadaşı. Bana fazlasını söz verme, çünkü inanmam. Ama bu isteklerimden azına da asla razı olmam. Hepsi bu. Çünkü bir daha geçmişe bakıp, bir gece yarısı sessizce gözyaşlarımı silerek, "Değdi mi kadın?" demek istemiyorum.

Değdi mi kadın?

Kendini kimler için parçaladıysan, yine onlar tarafından incitildin değil mi? Onlar için alışkanlık haline gelen ama senin sevginden dolayı yaptığın her ne varsa, yapmayı bıraktığında senden kötüsü olmadı, değil mi? Duyar duymaz yardıma koştuğun insanların vefasızlığını, onlara ihtiyacın olduğunda anladın, değil mi? Enerjinin bittiği, yorgunluktan tükendiğin anlarda bile senden beklentiler hiç bitmedi, değil mi? Bak, sonuçta hiç kimseyi memnun edemedin. Kim bilir kaç kez çekip gitmek istedin de gidemedin. Acımasızca eleştirdiler ve çoğu zaman da hiç takdir edilmedin. Herkesi başının üzerinde taşıdın da, bir kendinin değerini bilmedin. Şimdi soruyorum sana, gerçekten değdi mi?

Dünya yahu!

"Neden bu kadar ıssız bir kadınsın?" diyorsun ya bana... Bak sana onu da anlatayım. Tabii ki benim de eskiden kalabalıklarım, çevremde yanımda olduğunu düşündüğüm mutlu insanlarım vardı. Sonra bir baktım ki, giden hep benden gidiyor ve bu dost bildiğim insanlar çıkarlarına, "Hayır," dediğim anda birer birer hayatımdan eksiliyor. O vakit anladım ki, onların dostluk kavramıyla, benim insanlığım arasından uçurumlar geçiyor. Tabii ki o zamana kadar çiğnenen hakkımın, kullanılan iyi niyetlerimin ve kendimden verdiklerimin haddi hesabı yok. Ben de bir kenara çekilip, "Ben kimde ne kadarım, kim bende ne kadarmış?" diye sorup tüm olup biteni izlemeye, samimiyetsizliğinden emin olduğum ve şüphe duyduğum herkesi teker teker silmeye başladım. Bir de baktım ki, bir elin parmaklarını geçmeyecek sayıda insan kalmış yanımda. Duyduğuma göre düşmemi bekleyenler de çokmuş. Benim de onları sevindirmek gibi bir niyetim yok. "Keşke tanımasaydım," dediğim insan çöplüğüne dönmüş geçmiş zamanım. Ama olsun dedim, "İyi ki varlar," dediklerimle yoluma devam ettim. Gölgemde dinlenenlerle, ışığını benden esirgemeyenleri birbirinden ayırdığım günden bu yana kafam rahat. Ara sıra yine de kendime kızıyorum tabii. Nasıl da safmışım, nasıl da tanıyamamışım insanların gerçek niyetlerini diyorum. Öyle ya, bu dünya iyi olanların değil, iyi oynayanların dünyasıydı. Ve biz, bazen çok kötü seyirciler olabiliyoruz. Onları değil ama kendimi affediyorum. Burası dünya yahu diyorum ve gülüp geçiyorum.

Sakın pes etme

Gün gelecek, sana kaybettiğini söyleyecekler. Bittin artık, tükendin sen, diyecekler. Yüzüne dost görünenler bile arkandan gülecek. Sen acı çekerken, onlar için için sevinecekler. Sakın aldırma. Geçmiş yenilgilerini hatırla. "Bitti," dediklerinde nasıl tekrar başladığını, yok olduğunu düşündüklerinde nasıl da çoğaldığını hatırla. Herkes seni terk ettiğinde, kendi başına nasıl ayağa kalktığını hatırla. Umut et, gerekirse inat et ama sakın pes etme. Bazen keyfine, bazen ise inadına yaşa hayatı. Böyle zamanlarda, seni üzgün görmek isteyenlerin gözlerindeki hayal kırıklığı bile, emin ol seni fazlasıyla mutlu edecektir. Onlardaki bu mutsuzluğu görmek bile sana yetecektir. İşte o an, geriye dönüp tatlı bir tebessüm bırak o insanların yüzlerine. Canlarına değsin. Hepsinin birer birer içlerinin yağları erisin.

Hepsi bu!

Sanırım biraz fazla duygusal bir insanım ben. Gereğinde fazla iyi niyetli ve fazlasıyla ince düşünceli bir insanım. Yani şu hayat şartlarını ve insan ilişkilerini düşününce, bu dünya için pek de uygun değil kişilik yapım. Ama benim gibi insanların, yani hayatı ince tarafından gören insanların hayal kırıklıkları çok olsa da, çabuk akıllanma gibi bir avantajları var. Birçoğunun yolun sonunda öğrendiklerini, biz daha yolun başında tecrübe ediyoruz. Az zamanda birçok tecrübe biriktiriyoruz. Ve işte o an, ince yerlerimizi hızla törpülüyoruz. Belki olmak istediğimiz bir insana dönüşmüyoruz ama kapımızı çalan herkese de artık hemen güvenmiyoruz. Kötü olmuyoruz ama herkese de zaaflarımızı göstermiyoruz. Kalabalıklardan uzak kalıp az insanla yetiniyoruz. Belki biraz fazla yalnız kalıyoruz. Belki içimize kapanıyoruz. Yani demek istediğim, bu kurtlar sofrasında kimsenin elinde oyuncak olmamak için, ara sıra da olsa dişlerimizi gösteriyoruz. Beni, sana karşı beslediğim duygularımdan ötürü zayıf görme sakın. Sakın böyle bir hata yapma. Keskin dönüşlerim, canım yandığında sert sözlerim ve hiç de benden beklemeyeceğin gidişlerim olabilir. Zor bir insan değilimdir aslında. Sadece ve sadece sevildiğimi hissetmek istiyorum. Hepsi bu.

Son ders

Hiç kimseyi mutlu etmek gibi bir amacım yok. Biliyorum ki sevgimden yaptığım her şey, gün gelecek onların gözünde "görevim" olacak. Yaptıklarım için vefa beklerken ben, "Yapmasaydın," sözü tek gerçeğim olacak. Onların değer verdiklerine şaşırmıyorum artık. Biliyorum ki yaptıklarım için ne bir teşekkür alacağım ne de onların gözünde bir kıymetim olacak. Sonunda tek başıma kaldığımda ise, bir elimde pişmanlığım, diğer elimde boynu bükük iyi niyetlerim olacak. Biliyorum, iyiler hep kazanmaz. Kazananlar da hep iyi niyetli olamaz. Bu gerçek de, şu üç günlük dünyada öğrendiğim son dersim olacak.

Tek istediğim samimiyet

Ne kadar kötü bir insan olabilir diye aceleci davrandığım, sonuçlarını hiç düşünmeden adımlar attığım ve, "Her şey güzel olacak," diye kendimi kandırdığım günlerim oldu elbet. Ama artık kararlarımı ve adımlarımı bin kez sorgular oldum. Bilmiyorum, bunun adına akıllanmışlık mı denir, yoksa yaşanmışlık mı?

Konu insanlar olunca, sabrımı sevgimin önünde tutuyorum hep. İnsanları zamanın kollarına bırakıyorum ve dediğim gibi bir kararımı bile bin kez sorguluyorum. Gururum ise, benim hâlâ en güvendiğim kalkanım. Kendini unutulmuş, bir kenara atılmış ve kırılmış hissederse sol yanım, işte o zaman geri dönülmez yollara düşüyorum. Birkaç gün kendimi eve kapatıp uzun uzun düşünüyorum. Körlüklerimin, nankörlüklerin ve tutulmayan sözlerin üzerinden tekrar tekrar geçiyorum. Umudum şüphelerimden, inancım da güvensizliğimden daha azsa eğer hiç riske girmiyorum. Çünkü bir insanın yüzüne baktığımda, orada huzur yerine şüphe görüyorsam eğer, yürütemem ben o ilişkiyi, biliyorum. Kimileri pek doğru bulmasa da bu tavırlarımı, ben kendimi böyle daha güvende hissediyorum. Bu halimi daha çok seviyorum. Yani sana anlatmak istediğim, bana karşı dürüst ol, samimi ol ve lütfen saygılı ol. Birçok şeyin yokluğuna göğüs gerebilirim. Çok şeyden fedakârlık yapabilir ve çok şeyi görmezden gelip üzerini sevgimle kapatabilirim. Ama bana yalan söylemeni, beni aptal yerine koymanı ve nasıl olsa anlamaz diyerek ikiyüzlü davranmanı asla kabul etmem. Edemem.

Ben yalnızca yüreğimin ekmeğini yerim

Ben ustasıyımdır beklemelerin ve sabretmelerin. Ama ne safım ne de her şeye inanır ve her şeyi sineye çekerim. Yalnızlıktan öleceğimi de bilsem, güvenimi kaybetmiş herkesten soğur ve anında çeker giderim. Ve beni az çok tanıyorsan eğer bilirsin; ne kimseye yük olurum ne de kimseyi kendime yük ederim. Ben yalnızca yüreğimin ekmeğini yerim.

Sana söz veriyorum...

Güzel şeyler düşünmem, güzel şeyler yaşayacağım anlamına gelmiyor maalesef. Çünkü benim hayata baktığım pencerem tertemizdi, saftı, renkliydi ve huzur doluydu. Bu yönümle hayatın kötülüklerine ve karşıma çıkan kötülere karşı hep savunmasız kaldım. Onlarla nasıl mücadele edeceğimi bilemedim. Çünkü benim inandığım dünyada ve sahip olduğum kişilikte insanlara acı vermek, verdiğim acıdan mutlu olmak, umutları çalmak yoktu. Acımla ve gördüklerimle nasıl mücadele edeceğimi, kendimi nasıl koruyacağımı bilemedim. Anlıyor musun beni? Onlar gibi olamazdım, olmadım. Ama bu şekilde de uyum sağlayamazdım. İşte bu yüzden, o saf ve huzurlu penceremin önüne yüksek duvarlar ördüm. Daha fazla acı görmek istemedim. Acımı kimsenin görmesini de istemedim. İçime kapattım kendimi. Ama insandım sonuçta... ve yalnızlık da bir yere kadardı.

Sonra sen çıktın karşıma. Sana karşı ürkektim. Mesafeli ve tedirgin. İşte bu yüzden hep bir şüpheyle baktım sözlerine, o beni her gördüğünde ışıldayan gözlerine. "Lütfen bana güven," demelerine. Ben savaşlarımdan yaralı ve yorgun çıktım. Doğal olarak sana karşı adımlarım tedirgin ve yavaş olacaktı. Ellerim titreyecekti, bana uzanan ellerini tutarken. Gözlerim sana bir anda güven dolu bakmayacaktı. Zaman ver bana. Ne olur çokça zaman. Pes etme. Şimdilik saçlarımın yerine, sadece acılarımı okşa. İyi olmam için, bana karşı iyi olmana çok ihtiyacım var. Vazgeçme. Korku bulutlarım dağılınca, içimde taşlar yerine oturunca ve yüreğim gibi aklım da ikna olunca bambaşka bir ben göreceksin karşında. Sana söz veriyorum.

Benden bir tane daha yok

Söylediklerimin ardında farklı bir yüz aramayın.
Görünenin dışında maskelerim yok.
İçimden geleni söylemek gibi bir huyum var.
Cümleleri yormayı sevmem, bahanelerim yok.
Yürekten bakan her göz anlar benim halimi.
Samimi bulduğum insanlara perdelerim kapalı değil.
Yaşadıysam sevmişimdir.
Hislerimden eminsem asla dönmem geriye.
Keşkelerim yok.
Güven konusunda ve attığım adımlarda hassasımdır.
Ve kendime göre çok haklı sebeplerim vardır.
Artık arkasında ağlamak istediğim gülüşlerim yok.
Günahıyla sevabıyla, yanlışıyla doğrusuyla bu hayat benim.
Kendimle barışık yaşamayı seçtim ben.
Çünkü kendimden başka gidecek yerim yok.
Geçmişe bakarak geleceğe yürüyemem.
Ve bundan sonra da kimse için zaman kaybedemem.
Artık biliyorum ki benden bir tane daha yok.

Sahi sen ne istediğini biliyor musun?

Aslında canımı en çok ne yaktı biliyor musun? Ürkek bir serçe gibi uzaklara dalıp gitmelerimin, her şeyden ve herkesten uzaklaşmak istemelerimin, kendi gökyüzümde tek başıma uçmanın, hayallerimin nedenini merak ediyor musun? Dinle iki gözüm.

Süreçler yormazmış insanı da, sonuç yorarmış. Sevdiklerim için yaptığım fedakârlıklar değildi beni yoran. Sonuçta mutlu ettikçe mutlu olan bir insandım. Ve sahip olduğum her ne varsa, onu sevdiklerimle paylaşmanın daha doğru olduğuna inandım. Ama ne zaman ki emek verdiklerim, üzerine titrediklerim beni terk etti, işte o zaman, tüm o çabalarımın yorgunluğunu ve ağırlığını yüreğimde, ruhumda hissettim. Bu nasıl bir yorgunluk hissidir bilir misin? Hani yıllarca hayalindeki evi yapmak için uğraşırsın da, sonunda o son çiviyi de çaktıktan sonra bir rüzgâr çıkar ve her şeyi altüst eder ya... İşte tam da öyle. Yani insanlara inanmanın bana yaşattığı hayal kırıklığı çok büyük. Yanlış insanlar üzerine hayaller kurmuşsun diyebilirsin bana. Belki de sonuna kadar haklısın. Ama ben doğruları savunan ve onu tüm varlığımda iliklerime kadar yaşayan bir insanım. Hiç kimseye bir kötülüğüm dokunmadı benim. Kimsenin mutluluğunda gözüm olmadı. Başarılarını, mutluluklarını, hayatlarını kıskanmadım. Yüzlerine gülüp arkalarından kötü konuşmadım.

Bilerek kimseyi kırmadım. Yarım bırakmadım sevdiklerimi. Evet, dersimi fazlasıyla aldım. Ama neden? Neden hayat iyi insanlara ders verirken canlarını yakar? Neden bu kadar hırpalar bizi? Bunu asla anlamıyorum. Kötü niyetli insanlara iyiliği öğretmek varken, neden iyi insanları kötü insanlarla sınar? Sonuçta ben istesem de yine de kötü olamam. Ama ne olurdu sanki, biraz da kötülükten zevk alan insanları iyilikle tanıştırsa... Ben, çoğaltmaya çalıştığım insanların beni sürekli azaltmasından yoruldum. Sahi sen, ne istediğini bilenlerden misin? Yoksa sen de ilk zorlukta yüzüme o zavallı gözlerle bakarak, “Kendine iyi bak. Benden bu kadar,” diyenlerden misin?

Beni yoran zorluklar değildi, tam tersine, basitliklerdi

Her yıkılan hayalin ardında ağlayan bir yürek vardır. O yürek ki güvendiği insanın gözlerine bakarken son kez, sırf güçlü görünmek adına umursamaz davranır. Aslında kendi içinde öyle bir savaş verir ki, karşısındakinin yüzüne tükürmekle, boynuna sarılıp, "Pes etme, ne olur," demek arasında gidip gelir. Sevgi öfkeye, öfke ise suskunluğa karışır. Ve o büyük aşk terk ederken bedeni, yürek yarılır, zaman durur ve insan sevdiğiyle beraber masum kalan her yanıyla da vedalaşır...

Sevgi neydi?

Nasibinde yoksa eğer, insanlar içinde insana bile hasret yaşatır hayat seni. Ben bu gönül işlerine hep nasip diye bakarım. Olsa da, olmasa da, "Vardır bu işte de bir hayır," der ve susarım. Zorlamak mı? Asla. O noktada, gururumla bile gurur duyarım. Bana yüz çevireni ve sırtını döneni ne arar ne sorarım. Çünkü inanırım ki seven insan uzun süre küsemez sevdiğine. Yüreği bende olanın yüzü de, bedeni de benden uzak duramaz. Eğer duruyorsa, inceldiği yerden koparırım. Ben böyle inanır, sevgimi işte böyle yaşarım. Benimle ilgili kafana yatmayan şeyleri gönlünde yumuşatamıyorsan ya da aklınla da yüreğinle de hayır diyorsan zaten girme bu yola. Sonuçta her bakımdan mükemmel olmamız imkânsız. Ama söz konusu olan sevgi ve saygıysa, işte o zaman onun kişiye göre bir tarifi yok. Sevginin bana göresi, sana göresi yok. Ben emek vermekten söz ediyorum. Bir gülü sadece koklamaktan değil, onu emeğinle büyütmekten bahsediyorum.

Sadece sevginle, ilginle büyüyüp boy veren çiçeğine bakmazsan o da seni her sabah rengârenk bir gülümsemeyle karşılamaz. Bereketi sadece toprakta arama sevgili. Her şeyi yaşatan ve geliştiren tek şey, senin ona verdiğin sevgidir.

Ey gönlüm üzülme

Her gece böyle için için yanacak değilsin.
Küle dönmüşlüğün bir bakarsın güle çevrilir.
Doğrunu bırakıp yanlışlarını da savunacak değilsin.
Sabır diye bitirdiğin her gün,
sonunda şükür diyen bir dile çevrilir.
Unutma ki yalnızlık, doğrunun eskimeyen dostu.
Umut etmek ise, imanın olmazsa olmazı.
Bakarsın şer bildiklerin bile hayırlı bir hale çevrilir.
Ne olur ayrılma isteme kapısından.
Duada ısrarını ve insan yanını bırakma sakın.
Müjdeli haberler, gönülden isteyen kula çevrilir.

İyi ki var mıyım?

Şimdi yılların yorgunluğu ve yalnızlığıyla geliyorum sana. Burnumda tüten sevda kokusuyla ve yüreğimde filizlenen umutlarımla geliyorum sana. Yangınlarım, korkularım, hayallerim, çocukça heyecanım ve dualarımla geliyorum sana. "Bir daha ne mümkün," dediğim anda, "Daha hikâyenin sonuna gelmedik," müjdesini veren hayat gibi rengârenk geliyorum sana. Benim içimde hissettiğim bu heyecanı, sen de içinde hissetmiyorsan söyle lütfen. Büyük beklentilerimin ve hayalini kurduğum çok şeyin parça parça olmasına alışkınım. Birçok yarım kalmışlıklarım gibi, bunu da yüreğimde taşırım. Olmayacaksa başta olmasın. Ben artık, yokken varmış gibi, olmayacak bir şeyi oluyormuş gibi ve şüphe duyduklarıma inanmış gibi yapamam. Kendimi kandırma yaşım çoktan geçti. Beklediğime değsin istiyorum. Bu yalnızlığımın bir kefareti olsun artık istiyorum. Biri de beni anlasın artık istiyorum. Bu sabırlı bekleyişlerim taçlansın artık istiyorum. Ve tüm bu beklentilerimi senin omuzlarına yüklüyorum. Şimdi bendeki yerini tahmin edebiliyor musun? Haddim olmayanı değil, sadece hakkım olanı senden istiyorum. Bu bazen, sabah uyandığımda yastığımın bir kenarında bir gül olur, akşam geldiğimde yanağıma kondurduğun bir öpücük olur... ya da ne bileyim işte, günün en olmadık bir saatinde, "İyi ki varsın," diyerek attığın mesaja iliştirilmiş bir gülücük olur.

Şimdi soruyorum sana, iyi ki var mıyım sende?

İyi ki varsın

Adamların adam gibi adam, kadınların da o adamların hanımefendisi olduğu günlerdi o günler. Akşam olunca sevgilinin iş dönüşünü pencere kenarında beklemek kadar değerliydi, bekleyenin alnına bir öpücük kondurmak. Belki çok kez tekrarlamazlardı sevgi cümlelerini ama birbirine gülen gözlerinden hiç düşmezdi, "İyi ki varsın," sözü. Ne zorlu hayat şartlarına yenik düşerdi sevgileri ne de yolun başından sonuna kadar eksilirdi birbirlerine verdikleri değer. Mutsuz olmak için bahaneler aramak yerine, birbirlerine sarılarak ve birlikte ayakta durarak azalırdı kederleri. İşte böyleydi eski zamanların sevgileri ve bir yastıkta ömür geçirmek için birbirine söz verenlerin hikâyeleri.

Yaptıklarımın zerresine bile değmeyecek
insanlar tanımışım.
Allahım, bir daha kıymet bilmezlerin
yoluna düşürme beni.

Kendi başımın çaresine kendim de bakarım

Bak diyorum ki sana, çok şey eskidikten, yitirildikten ve, "O asla yapmaz," dediğim şeyleri sende gördükten sonra, kelimelerinin hiçbir önemi kalmıyor artık benim için. Tamir edemeyeceğin boyutta zarar verme bana. Altından kalkamayacağın kabahatlerle çıkma karşıma. Çünkü ben kendimi bilirim. Soğuduysam birinden, ne affedebilirim onu ne de tekrar sevebilirim. Ben sevildiğimi, ancak ve ancak değerli olduğumu düşündüğüm zamanlarda hissedebilirim. Tamam, her gün, her saat beni şımart, ruhumu okşa ve sevdiğini hissettir demiyorum sana. Bana saygılı davranman, önemli günleri hatırlaman ve hayatımızla ilgili her konuda benim fikirlerimi alman yeter bana. Hassas ve duyarlı bir insanım. İlgiyi hissettiğim kadar, mesafeleri de tahmin edebilirim. Yani şaşırt beni gözünü seveyim. Şimdiye kadar insanlar konusunda dünya hep başıma yıkıldı. Sen bari mutluluktan uçur beni.

Sahi, sen de benim gibi, mutlu ettikçe mutlu olan insanlardan mısın? Sevdikleri için fedakârlıkta sınır tanımayanlardan mısın? Yoksa bir var, bir yok olanlardan mısın? Bir şey itiraf edeyim mi sana? Ne kadar tecrübelerimle tartsam da seni, yüreğe o his düşünce, hiçbir şey önceden düşündüğüm gibi olmuyor. Duyguların aklını kör ediyor. Yanlış bu, biliyorum. Ama gücüm bazen yüreğime yetmiyor. Bu söylediklerimi güçsüzlük olarak algılama sakın. Sevdiğim zaman her ne kadar yere serilse de yüreğim, öfkem de beni bir o kadar ayakta tutar. Yaralarımı kendi başıma sarmayı öğrendiğim günden bu yana, kendime sarılmayı da öğrendim. Yani konu insan olunca, her zaman bir yanılma payı bırakırım. Yanımda olursan tabii ki mutlu olurum. Olmazsan da sorun değil. Kendi başımın çaresine kendim de bakarım. Sana yüklediğim anlamlar çok derin. Bu derinlikte kaybolup gitmeni istemiyorum. Ne demek istediğimi gerçekten anlıyor musun?

Elveda

Kimsenin kahramanı olmak istemiyorum. Birinin beni sevmesi için mücadele etmeye gücüm yok artık. Hiç kimseye kendimi ispat etmek zorunda da değilim. Gereksiz kaprisleri, hadsiz düşünceleri ve ayaküstü kurnazlıkları çekemem. Beni, ben olduğum için sevenler lazım bana. Kimse için değişmem. Samimi olsun, canım feda. Samimi olmayan her ne varsa hayatımda, hepsine kocaman bir elveda.

Allah biliyor...

Sessiz olur benim çığlıklarım. Sessiz akar gözyaşlarım. Yalvarışlarım ve yakarışlarım hep sessiz olur. Bana bir kötülüğün dokunsa da korkma, bela olmam başına. Sessizce çeker giderim. Ama bu sessizliğim ve içime attıklarım var ya, işte onlar bulur seni. Ne bu dünyada ne de diğer âlemde kaçacak yerin olmaz. Ben bıraksam da iki yakanı, onlar senin yakanı bırakmaz. Birini yaralı bırakanı, yarım bırakanı Rabbim iki dünyada da mutlu yaşatmaz.

Bunları sana niye anlatıyorum biliyor musun? Az çok inancın varsa eğer bilirsin, terazisi şaşmayan, içinde o inancı taşıyanların ve intikamını Allah'a bırakanların ortak kapısıdır İlahi Adalet. Ve bilir misin, ben mutsuz edip de birini, mutlu olanı görmedim. O yüceler yücesi, haksızlığa uğrayanların hesabını, ya başka bir insan eliyle ya da yüzlerine güldürmediği kaderiyle er ya da geç bunu yapanlardan sordu. Yanlarına bırakmadı. Unutma sevgilim, mazlumun imtihanı zalimlerle olsa da, zalimden mazlumun intikamını Rabbim alır. Sen böyle bir insansın diye anlatmıyorum bunları sana. Sakın beni yanlış anlama. Belki senin de hakkın yenmiş, yüreğin çok şeyden umudunu kesmiş ve umudun tükenmiş olabilir. Bunları bil ki gönlün ferahlasın, umutların çiçek açsın ve Rabbimden umudun artsın. İlahi adaletin elbet bir gün tecelli edeceği gerçeği aklında kalsın.

Ve sakın unutma, mazlumun gözyaşlarını Allah siliyor. Sanma ki görülmedi, geçmişte yaşadığın o hüzünlü hallerin. Kimseler bilmese de senin neler yaşadığını ve neler çektiğini Allah biliyor. Eğer ki senin kalbin güzelse, senin şer bildiklerin de hayra çevriliyor.

O ilahi adalet var ya...

Ve gün gelecek, adını bile bilmediğin, hiç yan yana gelmediğin insanlar, şu yarım kalmışlığının, aldanmışlığının ve bu gözyaşlarının acısını sana bunu yapanlardan fazlasıyla çıkaracaklar. Seni mutsuz edenleri, bir başkası mutsuz edecek. Haksızlık eden, yaptıklarının bedelini elbet ödeyecek. Kimileri bunu dünya gözüyle görecek, kimi ise ahireti bekleyecek. Ama o ilahi adalet var ya, elbette bir gün tecelli edecek.

Saygım biterse, sevgim biter

Gün gelir de beni bir tercihe zorlarsan eğer, yalvarırım beni çaresiz bırakma. Bana tutunabileceğim sebepler ver. Vicdanım beni, "Neden bitirmedin?" diye her sorguladığında, verebileceğim güçlü gerekçeler ver bana. Mantığımla her savaşımda galip geleceğim, düşündüğüm zaman öfkemi yumuşatacak ve beni sana bağlayacak sebepler istiyorum senden. İnsanların birbirinden bu kadar kolay vazgeçtiği bir dünyada, mücadele etmenin vazgeçmekten daha değerli olacağı sebeplerden bahsediyorum. Bu belki samimiyetin olur, belki iyi niyetin olur ya da ne bileyim, beni herkesten farklı kılan sevgin olur. Ama ne olursa olsun, bunlara ihtiyacım olacak bu zorlu yolda. Ağır ağır yürüyelim ama ne olur sağlam adımlarla yürüyelim. Her gün birçok şeyi eksiltmek yerine, az da olsa sevgimizin üzerine bir şeyler koyarak gidelim. Güzel şeyleri bir anda tüketmeyelim. Bizi biz yapan ne varsa kıymetini bilelim. Birbirimizi değiştirmeyelim. Olduğumuz gibi sevip sevilelim. Sabırlı olalım, ilk yokuşta ve zorlukta ne olur vazgeçmeyelim. Hiçbir şeyi içimize atmayalım. Rahatlıkla birbirimize söyleyelim. Ve belki de en önemlisi, hangi durumda olursak olalım, birbirimize olan saygımızı sakın kaybetmeyelim. Eğer ki saygımızı kaybedersek diğer hiçbir şeyin kıymeti kalmaz. Saygının bittiği yerde, sevgi de yaşamaz. Sahi sen, sahip oldukların için şükredenlerden misin? Yoksa her defasında öfkesine yenik düşüp saygısını kaybedenlerden misin?

Adam gibi adamları sevin diyorum

Adam gibi adamları sevin diyorum. Bir adamın önce sesinde huzur, bakışlarında sıcaklık ve ellerinde şefkati arayın. Mükemmel olsun demiyorum ama sevgiden önce onda mutlaka biraz da saygı arayın. Yanınıza yakıştığı kadar yakışsın yarınlarınıza. Yani kişiliğinde de şüphe götürmez bir güven arayın. Sizi kaybetmekten korktuğu kadar korksun sizi incitmekten.

Ve gücünü sadece sizi korumak için kullanan bir adam arayın. Ona uzaktan her baktığınızda yaralarınızı değil, yüreğinizde sevildiğinizi hissedin. Ve üstünden yıllar geçse bile, "İyi ki seni seçmişim, iyi ki seni sevmişim be adam," deyin.

Hayatımda sadece huzur istiyorum

Nedendir bilmem ama hiç orta karar sevmelerim olmadı benim. Ya yüreğimi parçalarcasına sevdim ya da sevildiğim yerleri bir türlü sahiplenemedim. Bu konularda hep hislerime güvendim. Bencil olduğumu da düşünmüyorum. Çünkü kaybettiklerim, kazandıklarımdan hep ağırdı terazimde. Yeri geldiği zaman gidememek ve insanlara verdiğim değer kadar kendime değer verememek gibi sorunlarım vardı galiba.

İşte bu yüzdendi, tek başına olmayı isteme konusunda inat etmem. Belki de bu yüzden, şimdiye kadar sadece kendime inandım. Çünkü herkesi kendim zannetmek gibi saflıklarım vardı. Bu konuda kalbimi de suçlamıyorum. O da ne yapsın, ruh eşini bulamayınca, bulduklarını kendinden zannetti. Neyse, sonuç olarak bu ruh eşi konusunun, yaşını başını almış insanların kendilerini temize çıkarmak ve yalnızlıklarına bir kılıf uydurmak çabası olduğunu biliyorum. Zaten böyle bir beklentim de yok senden. Bazı temel değerler dışında, zıtlıkların da bir ilişkiyi fazlasıyla renklendirdiğine çok şahit oldum. Kimin kimi ne kadar çektiği ya da ne kadar ittiğinden daha çok, kimin kime ne kadar değer verdiğiyle ilgileniyorum. Ve hayatımda sadece huzur istiyorum. Yani şu an gözlerinde gördüğümü, tüm hayatına yaymanı istiyorum.

Sahi sen, gözlerinde yansıttığının aynısını kalbinde de taşıyanlardan mısın?

Zaman en güzel aynadır

Bugün konuştuklarına yarın pişman olmayacağının, bugün sarıldıklarına yarın düşman olmayacağının ve yolun başındaki insanların yolun sonunda aynı kalacağının ne garantisi var? Ne erken sevin ne de erken üzül. Çünkü zaman en güzel aynadır. İnsanların gerçek yüzlerini, sadece vakti gelince yansıtır.

Sevmek değer katmaktır...

Bazen suskunluklarım olur benim. Kendi mağarama çekilmelerim ve kendi içime gömülmelerim olur. Sakın bunları bir kaçış ya da vazgeçiş olarak algılama. İşte böyle zamanlarda sakin bir yer, kulağımda bir keman sesi ve masamda bir çay eşlik eder bana. Yüreğimin ve ruhumun sesini dinlemek istediğim, ruhumu dinlendirdiğim zamanlardır bunlar. Hayata bir es verdiğim zamanlar. Hani bazen gemiler limanlarına, kuşlar en sevdiği ağaç dallarına çekilirler ya... İnsanın da ara sıra içine seyahat etmesi, odasını topladığı gibi kendi içini de ara sıra yoklaması, dağınıklıkları kaldırması ve kendisine, "Mutlu muyum gerçekten?" diye sorması gerektiğine inananlardanım.

Sendeki yerimi, bende senin yerini ve hızla akıp giden zaman içerisinde aramızda neler alışkanlık haline dönüşmüş, neler aynı kalmış, nereler yara almış hepsini bir bir gözden geçiririm. Sonra sana daha güçlü dönerim. Sevgimi tazelerim. Yani demek istediğim, sürekli burun buruna yaşamanın getireceği uzaklıktan korkarım. Sana bağlı olmalıyım. Ama asla sana bağımlı değil. Ne ben senin gölgen olayım ne de sen benim her zaman güneşim ol. Sevmek muhtaç olmak değildir. Sevmek değer katmaktır. Beni sevdiğini bileyim, şefkatini hissedeyim, o bana yeter. Merak etme, geride kalan bütün boşlukları ise, ben yüreğimle tamamlarım.

Seni üzgün ve gözü yaşlı olarak tek başına
yatağa gönderen bir adamı sevme.
Merhamet ve şefkatin olmadığı yerde
sevgi barınamaz.

İmkânsızı mümkün kılmaktır aşk

Gün gelir de benim söylediklerim tesirini yitirir ve
başkalarının sözü sende etkili olmaya başlarsa...
Gün gelir de bana karşı eleştirilerin artar,
iltifatların yerini kırıcı kelimeler alırsa...
Gün gelir de ruhun ve bedenin anlaşamazlarsa...
Gün gelir özrün kabahatlerinden, bahanelerin gerçeklerinden
ve mesafelerin eski halinden daha büyük olursa...

İşte o zaman ne olur yorma beni. Adı zaten belli şeylerin konuşulmasını ve lafın gereksiz yere uzatılmasını sevmem. Her gün, sonu zaten belli olan bir yolu ağır ağır yürümektense ve değişmeyecek şeyleri boş yere beklemektense inceldiği yerden kopmasını tercih ederim. Karşıma geç, gözlerime bak ve bana, "Bitti," de. Sen zaten bunu bana söylemeden önce, ben yaşayacağım depremin hazırlıklarını çoktan yapmışımdır. Kendimi böylesi bir duruma hazırlamışımdır. Ama en azından, karşımdaki insandan bu samimiyeti ve dürüstlüğü görmek de hakkım diye düşünüyorum. Ve sakın, senin bana anlatman gerekenleri, senden duymam gerekenleri başkalarından duymamayım. Çünkü kendi derdimle sevdiklerimi huzursuz, sevmediklerimi de mutlu etmek istemem. Bu hayatı ikimiz yaşıyorsak eğer, sorunun çözümü de bizde olmalı. Çözüm bulamıyorsak eğer, o zaman biz diye bir şey de kalmamıştır zaten. Yaşadığımız çatışmaları sıcağı sıcağına konuşmayı da, aradan çok zaman geçtikten sonra konuşmayı da doğru bulmam. Çünkü öfkeliyken çözüm aramak ne kadar yanlışsa kabuk bağlamış bir sorunu sarmak da o derece imkânsızdır. Aramızda kalan her soğukluğu ve her boşluğu, ya kötü niyetli bir insan ya da olumsuz bir düşünce mutlaka doldurur. Ve sonrasında, soğumuş yüreklerimizi özürlerimiz ısıtamaz. Dil ne kadar, "Affettim," dese de yürek eskisi gibi olamaz.

Senden sadece ikimize ait bir dünya istiyorum. Saygıyla yönetilen ve sevgiyle beslenen bir dünya. Bu devirde zor diyenlerin gözlerinin içine bakarak, "İmkânsızı mümkün kılmaktır aşk," demek istiyorum.

Kaldı mı?

Kaldı mı o her akşam işinden evine hızlı adımlarla giden adamlardan ve kapının çalınmasını dört gözle bekleyen o sevgi dolu kadınlardan? Bir günün yarısını ayrı geçirmiş olmanın özlemiyle tutuşan yüreklerden kaldı mı? Her akşam tekrar kavuşmanın mutluluğuyla birbirine sarılan o sevdalardan kaldı mı? Alışkanlığa dönüşmüş olanlardan değil, alışılmışın dışında birbiri için yaşayanlardan kaldı mı?

Beni olduğum gibi sev

Her yeni başlangıç, biraz da riski göze almaktır. Evet, biz de bu riski göze alıyoruz. Çünkü cesur adımlar olmadan ve bir insanda kaybolmadan aradığın mutluluğu bulmak mümkün değildir. Belki de mutluluk ve huzur denilen o duygu, bu yüzden çok değerli. Sonuçta hiçbir güzellik senin önüne altın tepside sunulmuyor. Emek vermediğin hiçbir ağacın meyvesi, işte bu yüzden tatlı olmuyor. Bizim sadece öngörülerimiz ve iyi niyetlerimiz var. Kimin kimde nasıl bir hikâyeye dönüşeceğini sadece zaman gösteriyor. İşte bu yüzden şu kul irademizle, neyi istediğimizi ve neyi istemediğimizi biliyoruz sadece.

Yanılabilir miyiz? Elbette. Kararlarımızdan pişman olabilir miyiz? Kesinlikle. Ama adım atmadan yol da alamayız. Bir insana zaman harcamadan onu tanıyamayız. Ben senin için bu adımı attım. Seni tanımak kadar, sende kendimi de bulmak istiyorum. Benim acımdan bakabiliyorsan hayata, gelecekten beklediğin sadece huzursa, çok da büyük beklentilerin yoksa dünyaya dair ve tüm yaşadıklarına rağmen yine de yolun doğruysa, neden mutlu olmayalım? Ben gönül kapımı tüm samimiyetimle araladım sana. Yüreğinde ve geçmişinde ne eksik varsa al benden tamamla diye. Acılarımı, umutlarımı bil diye. Vazgeçtiklerimi, sabrettiklerimi ve beklentilerimi gör diye. Beni olmamı istediğin gibi değil, olduğum gibi sev diye.

Denedim be...

Bazen hissetmemektir mutluluk. Bazen duymamazlıktan gelmektir söylenenleri. Bazen yalnız kalabilecek kadar cesur, bazen yeni başlangıçlar için umutlu, bazen ise her şeye gülüp geçebilecek kadar güçlü olmaktır. Kaldırımları yalnız adımlarken, geceyi tek başına yudumlarken ve başını rahatça koyup yastığına, "Yaşadıklarımdan pişman değilim. Çünkü denedim," diyebilmektir.

İnsanları ancak yaşayarak tanırsın...

Hep diyorum ya sana, beni ancak yaşayarak anlayacaksın diye. Doğal olarak benim de seni tanıma şeklim böyle olacak. Kelimelerin soğukluğuna seni de, kendimi de sıkıştırmak istemem. Çünkü zamanın birbirimiz hakkında bize gösterecekleri, kelimelerden daha gerçekçi ve daha güvenilir. Kendi hakkımda bilmediklerim, belki de bildiklerim kadardır. Ben bile bazen tanıyamazken kendimi, sana nasıl net sınırlar çizebilirim ki? Ama olmazsa olmazlarım, her durumda sergilediğim davranışlarım vardır mutlaka. Ağladıklarıma güldüğüm, güldüklerime ağladığım zamanlardan sonra, çok şey aslında benim için üzerine sis çökmüş bir yeryüzü gibi. Bazen uzakları, bazen ise yanımdakileri net olarak göremez oluyor gözlerim. Can diye sarıldığım insanların, canımı yakmasından biliyorum ki uzağımdakilerin yakın, yakınımdakilerin uzağım olması an meselesi. Yakınlarıma sustuğum, tanımadıklarıma konuştuğum zamanlarım çok olur mesela. Bazen ailemden ve akrabalarımdan görmediğim o yakın ilgiyi, kan bağım olmayan insanlardan çok gördüğüm gibi. İşte bu yüzden seninle birlikte kendimi de tanıyacağım. Seni yaşarken, kendimi de doğrusu ve yanlışıyla yaşayacağım. Ne senin hakkında ne de kendi hakkımda büyük konuşmak istemiyorum. Dediğim gibi, konu duygularım olunca kendimden bile şüphe ettiğim davranışlarım olur ara sıra.

Belki de bu yüzdendir, yüreğimin koştuğu yerlerde aklımın hep geride kalması. Belki de bu yüzdendir, gülen gözbebeklerimin, güldüğü insanlara günü gelince ağlaması. Ruhumun bulutların üzerinden kör kuyulara düşmesinin ve küçük bir mutlulukla tekrar göğe yükselmesinin sebebi bu yüzdendir. Bazen bir çocuk gibi hoyrat ve yaramaz, bazen ise bir taş gibi yerinde ve kendime ağırım. Biraz da hayattan ne bulduğuma ve ne yaşadığıma bakarım. Sen bana ne verirsen sevgili, ben de sana onu fazlasıyla yaşatırım.

Öğrendim ki...

Mutlulukların da bir sonu varmış. Bir zamanlar, "Sensiz asla," diyenlerin, günü geldiğinde ayrı ayrı yolları varmış. Gündüzleri aklından çıkarmadıklarının, geceleri içinde sen olmayan rüyaları varmış. İnsan insanı konuşarak değil, ancak yaşayarak anlarmış. Ve önceleri, "Son nefesime kadar yanındayım," diyen dudaklardan dökülen son söz ise, "seninle buraya kadar"mış.

Masal gibi bir dünya işte...

Bir varmış, bir yokmuş.

Hadi İnşallah...

Yalnızlığın elbette kendine has güzel yanları vardı. Ama her sabah yatağın yalnız tarafından kalkıp aynaya baktığımda yüzümün, "Mutlu değilim," diyen bir yanı da vardı. Evet, çok denedim ama sevmeden ve sevilmeden güzelleşmenin bir yolunu bulamadım ben. Bir elim hayata uzanmaya çalışırken, diğer elim derin bir boşlukta kaldı. Bir gözüm mavinin, yeşilin derinliklerinde kaybolurken, diğer gözüm hep seni aradı.

Eksiktim fazlasıyla. Hayata dört gözle bakamıyor, dört gözle sarılamıyordum. İçimde insanlardan yana öyle büyük bir korku vardı ki, işte bu korku her şeyin önüne geçiyordu. İşte bu korku, "Yalnızlık seni güvende tutar," diyordu. Ama yüreğimde öyle bir boşluk vardı ki, oraya neyi koyarsam koyayım bir girdap gibi yutuyordu. "Bana bunlarla gelme. Bana diğer yarımı ver," diyordu. Öyle bir gurur vardı ki bende, hiç kimseye, "Gel beni sev," diyemiyordum. İnsanlardan uzak yaşıyor ve günden güne yalnızlığımın en dibine doğru çekiliyordum. Bunun adına depresyon deseler de ben adına yalnızlık diyordum. Sonra sen geldin. O kalabalık arasından duydum sesini. Gönlümün tüm ışıkları sana çevrilmişken bam telime dokundun. Bana bir mucize lazımdı. İşte o da sen oldun. Öyle umuyorum. Ve içimden tüm kalbimle birlikte kocaman bir, "İnşallah," diyorum.

Bilebilmeli insan...

Ah şu yorgun tarafım. İnsan tarafım. Ah şu ince düşünen ve hep kırılan sol yanım. Ah şu beklentilerimin altında ezilen fedakârlıklarım. Ah şu zorla gülüşlerim, yanağımda kuruyan gözyaşlarım. Ben bıktım, siz hâlâ bıkmadınız mı umut etmekten? İnsanlardan vefa, hayattan bir mucize beklemekten? Ben yoruldum, siz daha yorulmadınız mı kırılıp incinmekten?

Biliyorum yalnız yaşanmaz. Ama nasip de bu kadar zorlanmaz. İnsan nerede durması gerektiğini bazen bilmeli. Olmuyorsa eğer, olacak diye ısrar etmemeli. Yeri geldiğinde ağlatan kadere, yeri geldiğinde gülerek, "Sen kazandın," diyebilmeli.

Önemli olan niyet

İddialı konuşmayı sevmem. Çünkü bilirim ki Allah insanı iddiasından vurur. "Seninle her zaman çok mutlu olacağız, muhteşem olacak her şey, biz birbirimiz için yaratılmışız," gibi sözler etmeyeceğim. Bence hiç kimse, karşısındaki için mükemmel insan değildir. Olmamalı da zaten. Ufak tartışmaların, kısa süren uzaklaşmaların ve her tartışma sonrası yapılan nazların ne önemi kalır sonra? Sevgi bir insanı eksiklikleriyle de sevmekse eğer, o zaman eksiği olmayan bir şeye duyulan his yalnızca sempatidir. Ben sana mükemmellik vaat etmiyorum sevgili. Senden de böyle bir performans asla beklemiyorum. Yalnızca uzun süren küslükler, saygısız sözler ve kabahatinden büyük özürler istemiyorum. Yoksa iki ağız atışmasının tadına doyulur mu hiç? Herkes çekilmişken kendi iç dünyasına, kimin ilk adımı atacağının verdiği heyecanın, birbirinin gözlerinden kaçırılan o gülümsemelerin ve o dokunulmazlık oyununun ne önemi kalır ki?

İşte bunlardır asıl bir ilişkiyi renklendiren ve ayakta tutan. Yani o vazgeçilmezlik hissi, "Tartışsak da yine seni severim," duygusunun verdiği güzellik ve, "Seninle ayrı kalmaya dayanamam," anlamının çıktığı her davranış ve duruştur insanları birbirine köklerinden bağlayan. Yoksa ne anlamı var, aynı çatı altında iki yabancı gibi yaşamanın ve birbirinden ayrı dünyalarda nefes almanın? Ne anlamı var, şu üç günlük dünya için sevdiğine surat asmanın? Önemli olan niyet. Ben senin iyi niyetine inandığım sürece, sen de benim samimiyetime inan. Göreceksin ki, aşk zamana yenilse de sevgimiz hiç eksilmeyecek. Seninle fikirlerimiz ayrı düşse de ara sıra, yüreklerimiz her zaman aynı şarkıyı söyleyecek:

"Seviyorum seni. Ekmeği tuza banıp banıp yer gibi."

İstediğim bir damla huzur...

Biz onlar gibi olmayalım sevgili. Her şeyi başta tüketip de yolun ortasında nefessiz kalmayalım. Bırak kesilmesin ayaklarımız yerden. Biz yere sağlam basalım. Mükemmel ya da kusursuz bir ilişkimiz olmasın. Kusurlarımızı ve eksikliklerimizi birbirimizde tamamlayalım. Biz onlar gibi olmayalım sevgili. Birbirimizi olduğumuz gibi kabul edelim ve değiştirmeye çalışmayalım. Ayrı düşse de fikirlerimiz bazen, her gece lütfen yine aynı yastığa baş koyalım. Ben çok yoruldum olmayacak düşlerimin peşinde koşmaktan. Üzülmekten korktuğum için kendi iç dünyamda yalnız yaşamaktan. İstediğim ise sadece bir damla huzur. Ne olur bir ömür boyu o huzurun koynunda birlikte uyuyalım.

Bir duam var

Bazen kendi başıma kaldığım zamanlarda kızıyorum içimdeki bu çocuksu sevince. Kızıyorum çünkü mutlu olmaktan bile korkar oldum. Hani uzun zamandır beklediğin, dualarında yer verdiğin ve heveslendiğin bir şey, birden çıkar gelir ya karşına, işte sen de öylesin benim için. Ama içimde başka bir yanım var ki o hep temkinli, hep karamsar ve hep şüpheci. Tadında yaşatmıyor yaşamak istediklerimi. Ne zaman konuşsa, "Sakin ol kızım. Zaman ver kızım. Acele etme ve böyle erkenden sevinme kızım," diyor. İşin en trajik yanı da ne biliyor musun? Geçmişe bakınca, bu sesin hep haklı çıkması da fazlasıyla düşündürüyor beni. Bir daha yüzüme o acı kahkahasıyla bir tokat gibi, "Ben sana demiştim," sözünü duymak istemiyorum. Bir kez de ben onun yüzüne bakarak, "Bu kez sen yanıldın," demek istiyorum. Sende de yanılmak istemiyorum. Sende de çuvallamak istemiyorum. Tamam, bir şekilde tekrar ayağa kalkıyorum ama inan kendimden çok şey eksiliyor. En kötüsü de, insanlara olan umudum tükeniyor. Üç beş insanın günahını, tüm insanların omuzlarına yüklüyorum. Sonra yalnızlık ve dibe vurmuş bir özgüven hissiyle baş başa kalıyorum. Herkesten önce kendimi sorguluyorum. Acımasızca kendimi eleştiriyorum. Çok şeyden ister istemez soğuyorum. Yani sana göre normal görünen çok şey, bende bir deprem etkisi yaratıyor. Bu yenikliğimi hiç kimseye göstermesem de, içimde kıyametler kopuyor böyle durumlarda. İşte bu yüzden en küçük yalana bile tahammül edemiyorum. Beni anlıyor musun? Artık korktuklarımı değil, dualarımı yaşamak istiyorum. Sahi sen, kabul olmuş duam olur musun?

Zor be...

İçimde çok şey eskidi bak. Biraz dargınlığım ve çokça da yorgunluğum var. Ama umutsuz değilim. Bir bahar gerekiyor bana sadece. Biraz şefkatin yanında, biraz da ruhumu okşayacak birkaç güzel söz. Dolanıp durduğum şu dipten çıkmak için tüm bunlar yeter bana. İçimdeki kelebekler uçmayı bile unuttu. Yüzümün unuttuğu o çocukça gülüşlerimi hatırlamıyorum bile. Ve eskisi gibi aynalara sık sık bakmıyorum. Ayın karanlık yüzü gibiyim uzun zamandır. Ne kendimi ne de bir başkasını aydınlatabiliyorum. Evet, solumda atan bir kalp var ama inan bana yaşamıyorum. Zor be... Gerçekten çok zor. Güzel şeylerin olacağını söylüyor insanlar bana. İnanmak istiyorum, inanamıyorum.

Hoş gelmişsindir...

Bilmiyorum, belki fark etmişsindir. Bazen çocuk olur yüreğim. Yaşıma inat şımarıklıklarım, küçük mutluluklarım ve yüzümden eksilmeyen kahkahalarım olur. Eski zamanda, bir saklambaç oyunundaki mutluluğuma bürünür gözlerim. Ya da babamın, her aybaşında alabildiği o küçük bal kavanozuna yansıyan gülümsemesine. Havanın rengi, suyun tadı ve toprağın kokusu değişir. Dilime eski bir türkü, saçlarıma yayla rüzgârları düşer. Anne ve babamın yanımda olduğu zamanların güveniyle kucaklarım hayatı. Böyle zamanlarda sana daha bir sıkı sarılırım. Daha çok mutlu eder beni varlığın. İçimden bambaşka bir ben çıkar. Huzur bulur diğer yarım. Anında yüzüme yansır böyle zamanlarda duygularım. Ne susabilirim ne de içimde bir şeyler saklarım. Bil ki böyle zamanların, bu anıların ve tüm bunları yaşamamın sebebisindir. Bil ki, eğer böylesine coşkuluysam yanında, huzur vermişsindir bana. Hoş gelmişsindir. Benimsindir. En önemlisi sana çok güvenmişimdir. Yüreğimin en dibine inmişsindir. Seni çok sevmişimdir. Hep güçlü olmaktan, hep kendimi kontrol etmekten ve içimde bir şeyleri biriktirmekten bıkmışımdır. En mutlu olduğum zamanlara dönmek istemişimdir. İşte böyle zamanlarda benimle birlikte gülümse. Şarkıma eşlik et. Bu çocuk yanımı ve şımarıklıklarımı sev.

Bırak yanında ara sıra da olsa böyle çocuklaşayım. Beni en çok da bu halimle kabul et. Bırak içimdeki çocukla birlikte seninle yaşayayım, yaşlanayım.

Bir anne nasihati

Hiç kimse göründüğü gibi değildir kızım.
Vefanın ve acının adresini bilemezsin.
Gün gelir duvarlar ördüklerin yanında,
yakınım dediklerin de uzağında olur.
İnsanları anlamak ve tanımak için acele etme kızım.
Onlar ne ilk başta kendilerini anlattıkları gibidirler
ne de senin gördüğün surettedirler.
Niyet ve samimiyet zamanla ortaya çıkar.
Güvenmeden önce farkındalığını,
sevmeden önce de aklını yokla.
Çünkü aklı başında bir sevgi,
pişmanlık dolu bir yürekten daha iyidir.

Allahım,
"İnşallah olur," diye dua edip
Hayalini kurduğumuz her şeyin,
"Çok şükür oldu," sevincini yaşat.

İçime sindiremiyorum...

Artık insanları anlamakta zorluk çekiyorum. Hep diyorum ya sana, bazen bu dünyanın insanı olmadığımı düşünüyorum. Çünkü bu art niyetler, bu kararmış yürekler ve insanlığa hiç yakışmayacak bu haller, çoğu zaman midemi bulandırıyor. Çoğu insan menfaatleri uğruna birbirini kullanıyor. Bu da yetmezmiş gibi, yaptıklarını ballandırarak başkalarına da anlatıyorlar. Nasıl iyi oyuncu olunacağını, karşıdaki insanın imkânlarından nasıl faydalanacağını ve yeri geldiği zaman da, nasıl yalan konuşacağını paylaşıyorlar. Kötülüğün ve kötünün övüldüğü bir dünyada, iyinin ve iyilerin savaşı ne kadar da çetin. Güzel yürekli bu insanlar, insan kılığına girmiş yılanlardan ve onların yalanlarından korunmak için kendilerini zamanla toplumdan soyutluyorlar. Az insanla, hatta çoğu zamanda yalnız başlarına idare ediyorlar. İyimserliklerini zamanla kaybediyorlar. Hatta inanır mısın? İncinmemek için, zarar görmekten korktukları için evlenmiyorlar, evlenemiyorlar. Bu nasıl bir bedeldir, bilir misin? Hani hep derim ya sana, "İyi olanların değil, iyi oynayanların dünyası bu dünya," diye.

İşte durumun özeti bu. Kötülüğün bir sarmal gibi yayıldığı şu zamanda, iyilerin nasibine de yalnızlık düşüyor. Onlar ki bir adım atarken bile bin kere düşünüyor. El üzerinde tutulması gerekenler nedense hep üzülüyor. İşte bunu kabul edemiyorum. Bu gerçeği sindiremiyorum.

İnsan değil, imkân arıyorlar...

Benim insanları sevmem için sadece samimiyet yeterken, onların beni sevmesi için benden sayısız fedakârlıklar beklenmesi ne kadar da acıydı. Onlar için yaptıklarımı bir anda bıraksam gözlerinde zerre kadar değerim kalmazdı. İşte bunu net olarak anladığım an, onlar için bin parçaya bölünmeyi bıraktım. O insanlar da beni. İşte o an anladım ki, bazı insanlar karşılarında insan değil imkân arıyorlar. Şu üç günlük dünyaya güzel olan ne bırakabilirim diye değil, şu dünyada kimden ne koparabilirim diye yaşıyorlar.

Hayatları bir yanlıştan ibaret olan insanların,
doğrularına bile şüpheyle yaklaşırım.

Yalnızlar ülkesi...

Ben insana ve insanlığa değer veririm. Şimdiye kadar insanlık fakiri olanların, önüme serdikleri zenginliklerine gözümün ucuyla bile baktığım olmamıştır. İşte en çok da bu yanıma güvenirim. Mal biriktirmek, servet elde etmek ve şu dünyaya gereğinden fazla tamah etmek asla fıtratımda yoktur. Bende böyle bir kişilik olmayınca, bana bunlarla gelenlerin de bende değeri yoktur. Ben gönül insanıyım. Karnımdan önce yüreğimin doyması gerek. İşte bu yüzden, cebinden önce kalbinin dolu olması gerek. Bilirsin beni, ben bu dünyanın insanı olamadım. Bu konularda çok eleştiri almış olsam da çevremden, bu dünyadaki duruşumu seviyorum. Kalabalıklar arasında rüzgârın estiği, suyun götürdüğü yere gitmektense, onurum ve gururumla tek başıma yaşarım diyorum. Zaten yalnızlık ülkesinin tüm sokaklarını ve tüm kaldırımlarını ezbere biliyorum. Sana bunları anlatıyorum sevgili, çünkü bil istiyorum.

Birçoğunun düşünmeden kabul edeceği ve büyük bir fırsat olarak göreceği çok şeyin bende bir hükmü yok. İçinde riyakârlık olan, dünyanın en güzel sofralarını dizsen de önüme nafile. Ben tüm samimiyetinle ve iyi niyetinle bana sunduğun kuru bir ekmekle bile doyarım. Yani sevgili, karşımda ille de samimiyet, ille de iyi niyet ararım. Ben senin gözlerinde bu samimiyeti gördüm sevgili. Duam odur ki gözlerinde gördüğümü kalbin yalanlamasın. Dışında ne görüyorsam içinde de aynı olasın.

Ben bu dünyanın insanı olamadım...

Şöyle bir bakıyorum da şimdi geçmişe,
iyi kötü bir şekilde şu zamana kadar gelmişim.
Kırdığım olmuştur belki birilerini ama
beni kıranların haddi hesabı yok.
Özetle pastanın üzerindeki mumlar kadar eksilmişim.
Çok şükür değil, daha çok ya sabır demişim.
Şu dünya hayatımın yarısından fazlasını
hep yalnız geçirmişim.
Çok fazla bir beklentim yok açıkçası kalan ömrümden.
Zaten az ya da çok anlaşılıyordur kurduğum cümlelerimden.
Hani hep derim ya,
"Ben bu dünyanın insanı olamadım," diye.
Durumum tam olarak öyle.
Yani dünyayla da fena halde mesafeliyim.
Bilmem ki başka ne demeliyim?
Sözlerimi yine en sevdiğim duayla bitireyim.
"Rabbim, bana ve bu yazıyı okuyan herkese,
neyin yokluklarını yaşıyorlarsa tez zamanda onu nasip et."

Yakma beni...

Neden, "biz"e inanıyorum biliyor musun? Çünkü aynaya baktığımda gözlerimde gördüğüm o hüznü senin gözlerinde de görüyorum. Aynı yollardan, aynı vefasız insanlardan ve aynı acılardan geçmesek de, eminim çoğunlukla benzer şeyleri hissettik seninle. Derdi olmayan ne bilsin dertlinin halini. İşte bu yüzden inanıyorum ki, içinde o acıyı taşıyan ve aşina olan sen, incitmez hayatındaki beni. Çünkü bilir, ağızdan çıkan keskin sözlerin, umursamaz soğuk hallerin ve saygısız tavırların bende nereyi mahvettiğini. Yani en azından öyle umuyorum. Sadece yaşadığın ve canını yakan şeyleri bana yaşatma diyorum. Sen birinin kurbanısın, ben diğerinin. İntikamını benden alma. Benim zalimim olma diyorum. Yalnızlık tövbesini seninle bozmuş bir yürekten, kıblesinin dürüstlük olduğunu söyleyen yüreğe sesleniyorum. Sen boş yere çıkmış olamazsın karşıma. Boşuna değil, yüreğimin seni her gördüğünde bir serçe gibi kanat çırpması, biliyorum. Tüm bunların bir anlamı olmalı. Kaybedilen yılların, çekilen acıların ve uğranılan tüm o haksızlıkların bir ödülü olmalı. Dualarımın bir kabulü olmalı. Şu sabırların bir şükrü olmalı. Hep böyle gidecek değil ya ömür. Şu yalnızlığın da bir sonu olmalı. En iyisini yine Allah bilir ya, artık mutluluğu hak ettiğime inanıyorum. Önce Allah'a, sonra hislerime ve en son da senin insanlığına güveniyorum. Yakma beni. Yanıltma beni.

Bizi bu hale siz getirdiniz...

Geçmişinde çok acı çekmiş insanlar, bir süre sonra adına yalnızlık dedikleri kalın duvarlar örerler insanlarla aralarına. Güven duygularını kaybettiklerinden dolayı, şüphe duyguları çok güçlüdür. Sözlere olan inançlarını kaybettikleri için, davranışları daha yakından gözlemlerler. Duyarak değil, görerek inanmaya başlarlar. Aşk üstüne yapılan sohbetlerde suskun kalırlar. Ancak içten içe tebessüm etmeyi de ihmal etmezler. Çaya ve şarkılara bağımlılıkları vardır. Bazen birine şans vermek isteseler bile, ürkek bakışları, titreyen elleri ve kulağı sağır edecek iç sesleriyle tüm duygularını yenilgiye uğratıp, yüreğine inat, tabana kuvvet kaçarcasına giderler. Çünkü bilirler ki bir insanın kendisini ne kadar seveceği ya da ne kadar üzeceği ikileminde sıkışıp kalmaktansa, tek başınalığın verdiği o huzur, her zaman daha sevilesidir.

Yalnızlık denilen o his;
hak ettiğin değeri görmediğinde,
önceden koşarak gittiğin yerlere ayakların
artık gitmediğinde
ve içinde yeri doldurulamaz
bir boşluk hissettiğinde başlar.

Sonun güzel olsun kızım...

Bu dünyanın gerçekleri dışında, hayalini kurduğum bambaşka bir dünyaya inandım ben sevgili. Küçükken sonu mutlu biten masallar dinlediğimden midir, yoksa böyle bir dünyanın gerçek olduğunu istememden midir bilmiyorum. Hani insanın bazen elinde avucunda sadece inancı kalır ve ona sımsıkı sarılır ya, öyle işte. Çünkü şu kirli dünyayla ve insanların akıllarındaki şeytanlıklarla başka türlü baş edemezdi kırılgan yüreğim ve ince fikrim.

Güzel şeylerin hayalini kurmaktan vazgeçmedim. Öyle ya, hepsi zalim değildi insanoğlunun. Birisi sessiz çığlıklarımı duyacaktı elbet. Birisi yalnızlığımın kollarından tutup kaldıracaktı. Birisi gözlerimin içine bakarak şefkatli bir sesle, "Umarım çok bekletmedim seni," diyecekti elbet. Biri de çıkıp benim onu sevdiğim gibi, saf ve tertemiz sevecekti beni. Hep buna inandım. Şimdiye kadar çok şey kaybettim sevgili. Çok yordu beni insanlar. Çok saklandım ve çok hırpalandım. Yanağımdan akan gözyaşlarım dinecekti elbet. Bekledim seni. Şikâyet etmeden, isyan etmeden ve diğerlerine benzemeden bekledim seni. İçimde herkesten koruduğum ve yorulduğumda gölgesine sığındığım o güzel düşünceydin sen. Benim için, fırtınalı bir havada gökyüzünde dans eden o mavi uçurtma, sadece uçurumlarda açan nadide bir çiçek ve gördüğüm bir kâbus sonrası saçlarımı okşayan o şefkatli eldin sen. Kim bilir, belki de annemin bana her baktığında, "Sonun güzel olsun kızım," dediği dualarındaydın. Gelmek için geciksen de, sevmek için daha çok erken. İnsan yüreği diyorum, nasıl da gençleşiyor birini ta içinden böyle severken.

Sahi, neydi vefa?

Geçmişe şöyle bir baktığımda en çok neyin özlemini çekiyorum, biliyor musun? Şu dünyada en çok ne azaldı ve hangi duygunun nesli tükendi biliyor musun? Vefanın, değer vermenin ve güvenmenin. Annem ve babam bana yıllarca vefa hikâyeleri anlattılar. Kulağıma fısıldadıkları masallarda bile, birbirini hiçbir zorlukta bırakmayan masal kahramanlarıyla büyüdüm. Öyle bir kazındı ki bu duygu beynime, sonunda insanlarda sevgiden önce vefayı arar oldum. Her şeyin yolunda gittiği mutlu zamanlarda ve ben onlar için kendimi parçaladığım anlarda herkes yanımdaydı. Ama ne zamanki yoruldum ve herkes için parçalanmayı bıraktım, işte o zaman kimse kalmadı yanımda. Yıllarca kendime vefalı bir masal kahramanı aradım: Zorluklarda yılmayan, elimi bırakmayan ve bahane bulmayan bir kahraman. Ne acı ki, her insanda insanlığı gereği olması gereken bu duyguya sahip olan bir kişi, şu zamanda senin kahramanın oluyor. Geçmişte çoğu için normal olan şeyler, şu zamanda örnek gösterilip dilden dile dolaşıyor. Ben de sana bir vefa hikâyesi anlatmak istiyorum. Cenneti, şu dünyada gösterdiği vefasıyla kazandığına inandığım bir kahramanın hikâyesi bu. Çok az insana nasip olan bir fedakârlık örneği. Dinle...

METİN OLMAK LAZIM

Mahallemizin en sevilen yaşlılarındandı Sultan Teyze ve Mustafa Amca. Üç çocuklarını da okutmuşlar ve iş güç sahibi yapmışlardı. İki kızları evlenmiş ve çoluk çocuğa karışmıştı. Metin ise, yaşı geçmesine rağmen hiç evlenmemişti. Kızları onlara yakın yerlerde oturur ve haftada bir evlerini temizleyip ihtiyaçlarını görürlerdi. Bazen de biz kapılarını çalar ve alışverişlerini yapardık. Metin ise, ailesine daha uzak yerde otururdu. Kendi halinde bir hayat sürerdi. Ayda bir ailesinin yanına gelir, bir gün kalır ve ertesi gün giderdi. Ağırbaşlı, ağır ağır yürüyen, tane tane konuşan sakin bir adamdı Metin. Birkaç yaşıtı akraba dışında arkadaşı olmayan, içine kapanık bir kişilikti. Ama şirketinin en iyi elektrik mühendislerinden ve sevilen elamanlarındandı. Çalışmayı seven ve yaptığı işi severek yapan bir çalışan. Bu çalışkanlığı sebebiyle birçok kez ayın çalışanı seçilmişti.

Asıl hikâye, Mustafa Amca'nın bir haziran akşamı camiden eve giderken evin yolunu bulamaması ve kaybolmasıyla başlıyor. Hayatların ve insanların bir anda nasıl değiştiğini, neye dönüştüğünü bu kayboluş hikâyesinden sonra anlayacaksın. Gel istersen, dört yıl öncesi o haziran akşamına kısa bir yolculuk yapalım seninle. Hazır mısın?

Küçük bir İç Anadolu ilçesinde bir yaz akşamıydı ve hava mevsim normallerinin çok üzerindeydi. Birçok insan, balkonlarında akşam serinliğini dört gözle bekliyorlardı. İlk bakışta kapının önünde saklambaç oynayan mahalle çocukları ile çöpü karıştıran birkaç kedi göze çarpıyordu. Çoğunlukla ergenlerin kullandığı eski model arabalardan yükselen hip hop türü müzikler, apartmanların arasında yankılanıyordu. Bu durum en çok da, camdan cama hararetli bir şekilde günlük dedikodularını yapan kadınları kızdırıyordu. İşte böyle bir akşamda kızlarının kollarında, köşe başından göründü Mustafa Amca. Birkaç adım sonrasında da, Sultan Teyze apartman kapısından bastonuna yaslanarak hızlı adımlarla eşine doğru güçlükle ilerliyordu. Biz ne olup bittiğinin farkına varabilmek için uzaktan gelen sesleri dinledik bir süre. Tek duyabildiğimiz, Mustafa Amca'nın, "Bırakın beni," diyen öfkeli sesiydi. Evlerine girdikten sonra da benzer sesler uzun süre devam etti.

Birkaç saat sonra Metin'in arabası yanaştı apartmanımızın park alanına. Metin, arabasından hızla inerek panik halinde eve koştu. Mustafa Amca'yı, son zamanlarda bahçede her gördüğümde ve hatırını sorduğumda sürekli olarak, "Sen kimin kızısın?" diye sorardı. Bu unutkanlığını yaşına verirdim. Ama Mustafa Amca'nın Alzheimer hastası olduğunu kim tahmin edebilirdi ki? Üstelik evinin yolunu bile unutacak kadar ilerlemişti bu hastalık. Annemlerin eskiden bunaklık dediği hastalığın yeni adıymış. Zaman içerisinde beyin hücrelerini hızla öldürürmüş ve bu hücrelerle birlikte yakından uzağa tüm anıları, isimleri, mekânları ve olayları da hafızadan silermiş. Ve iyi bakılmaları gerekirmiş. Ama bakan kişiyi de, bir süre sonra çoğunlukla hasta edermiş. Yani senin anlayacağın hastanın aklını, bakanın sağlığını elinden alan bir hastalıkmış. Sabır yetmezmiş, tarifsiz bir sevgi de gerekliymiş dayanmak için. Kim bilir belki de, "Ömrüm sana feda olsun," demenin diğer adıymış. Gelelim Mustafa Amca'nın hikâyesine. Neler yaşanmış, neler olmuş? Onların hayatlarından, dillerinden dinleyelim mi?

Hastane dönüşü evde herkes suskundu. Mustafa Amca hastane sürecinde yorgun düştüğü için odasında dinlenmeye çekilmişti. Sultan Hanım, bir koltukta sessizce oturuyor ve çocuklarının birbirlerine bakışlarından kendince anlamlar çıkarmaya çalışıyordu. Metin, başını ellerinin arasına almış ve gözünü hiç kırpmadan halıdaki bir noktaya odaklanmış bir şekilde bakıyordu. Ortamdaki bu sessizliği büyük abla Saadet bozdu. Annesine dönüp sordu:

– Doktorun söylediklerini duydun anne. Babamın bakımını üstlenebilecek misin? Bu sorumluluğun altından tek başına kalkabilecek misin? Ne dersin?

Sultan Hanım çaresiz gözlerle çocuklarına baktı:

– Kızım, benim halim zaten ortada. Bir ayağım çukurda. Kullandığım ilaçlar beni yeterince halsiz ve yorgun yapıyor fazlasıyla. Belki de babandan daha çok benim bakıma ihtiyacım var şu aralar. İyi kötü idare ediyorduk şimdiye kadar. Ama doktorun anlattığı süreci tek başıma omuzlamam imkânsız.

Saadet, bu cevap karşısında küçük kız kardeşine döndü:

– Sebiha, sen yardımcı olabilir misin annemlere? Hem senin çocuğun kendine bakacak kadar büyüdü. Biliyorsun, benim ufaklığın hâlâ bana ihtiyacı var.

Sebiha'nın gözbebekleri büyüdü, yüzü kızardı ve dudakları titredi:

– Nasıl yani abla? Benim çocuğum daha dokuz yaşında. Büyüdü de sanki ergenliğe mi geçti çocuğum? Ne oğlum ne de eşim bensiz bir gün bile yapamazlar asla. Hem senin çocuk küçük. Eniştem de anlayışlı. Burası da yeterince büyük bir ev sayılır. Babam iyileşene kadar burada kalın işte.

Saadet öfkeyle oturduğu yerden kalktı:

– Sen doktorun söylediklerini duymadın mı Sebiha? Bu hastalık zamanla ve bakımla geçmiyor. Aksine günden güne ilerliyor. Üstelik enişten de bunu asla kabul etmez. Yuvam dağılır bu yüzden benim. O kadar plan yapabiliyorsan kendi ailen üzerine planlar yap. Bu ev sizin için de yeterince büyük.

Sultan Hanım, kızlarının bu ağız dalaşını nemli gözlerle seyrederken, ortamdaki gerginlik ve gürültüden de oldukça rahatsız olmuştu. Şimdiye kadar aralarından hiç su sızmayan kızları bir anda kanlı bıçaklı olmuşlardı. Kırıcı sözler ve hakaretler havada uçuşuyordu âdeta. Metin haricinde hiç kimse, babalarının kapının kenarından bu tartışmayı dinlediğinin farkında değildi. Mustafa Bey'in gözlerinden akan yaşları yalnızca Metin fark edebildi. Hiçbir söz etmeden öylece birbirlerinin gözlerine baktılar uzaktan. Sonrasında Mustafa Bey sessizce salona girdi. Karşılarında babalarını gören kızlar tartışmayı anında kestiler. Her ikisi de babalarının yanaklarından öperek durumunu sordular. Mustafa Bey, eşinin yanına oturdu. Gözyaşlarını sildikten sonra oğluna baktı:

– Ben bu yaşıma kadar hiç kimseye muhtaç olmadan ve sizi hiç kimseye muhtaç etmeden büyüttüm. O askeriye fırınından emekli olana kadar, geceleri fırının isini, pasını yuttum. İşten eve gelince, o katran karasının ağzımdan burnumdan nasıl oluk oluk aktığını anneniz bilir. Siz okuyup, benim gibi olmayın diye hafta sonları pazarlarda limon satarken kimlerin kahrını çektiğimi bir Allah bilir. Siz o diplomayı alıp işe girene kadar huzurlu bir gece uyuyabilmiş değilim. Sizler benim gururumsunuz. Yaz aylarında o sıcak fırında buram buram terlerken, pazarlarda zabıtalardan köşe bucak kaçarken, tüm bu zorluklara dayanma sebebimdiniz. Sizler benim gözümün nurusunuz. Yaşama sebebimsiniz. Hastalığımı biliyorum. Zorlu bir sürecin beni beklediğini de çok iyi biliyorum. Ve hiç kimseyi evinden, çocuğundan ve eşinden ayırmak istemiyorum. Ellerimle sizler için kurduğum düzeninizi, muhtaçlığımla sonlandırmak istemiyorum. Ben her namazımın sonunda hep aynı duayı ettim ve hâlâ da ediyorum. Ellerimi Allah'a her açtığımda, "Rabbim beni evlatlarıma bile muhtaç etme," diyorum. O'ndan her zaman, "Üç gün yatak, dördüncü gün ölüm," istiyorum. Şimdi sizden babanız olarak ilk ve son defa bir şey istiyorum. Annenizin bir ayağı çukurda ve dermansız. Yani bana bakması imkânsız. Sizlerin durumu ise ortada. Beni bir bakımevine yatırın. Emekli maaşım masrafları karşılar sanırım. Allah daha iyi bilir ya, zaten bu musibet beni çok yaşatmaz.

Mustafa Amca salondan ayrılırken Sultan Teyze de güçlükle ayağa kalkıp eşinin koluna girdi. Evden birlikte çıkıp apartmanın bahçesindeki çam ağacının gölgesindeki sedire oturdular. Bir süre hiç konuşmadılar. Uçuşan serçeler ile bahçede oynayan çocukları izlediler. Sultan Teyze eşinin elini tuttu:

– Hatırlar mısın Mustafa? Senin iş dönüşünü hep burada beklerdim. Çocuklar şuracıkta oyunlar oynarken, ben de akşam yemeği için hazırlıkları bu sedirde yapardım. Metin'im seni görünce köşe başında, "Babam geldi," diye çığlıklar atar, koşarak kucağına atlardı. Şu bahçenin kapısından girerken ikinizin de yüzünde güller açardı. Daha dün gibi aklımda hepsi. Şimdi ise diyorum ki; "Nereden, nereye."Mustafa Amca diğer elini eşinin elinin üstüne koydu:

– Film gibi gelip geçti be Sultan. Ama sen olmasaydın ben yapamazdım. Belki bu yaşa bile gelemezdim. Sen bana hem eş hem arkadaş oldun. Allah senden razı olsun bin kere.

Sultan Teyze yüzünü ekşitti:

– Az önce yukarıda öyle demiyordun sanki. Tek başına bakımevine yatmaktan bahsediyordun. Sen oraya gidince ben ne yapacağım Mustafa? Kimin yanına sığınacağım? Beni nasıl kolay bırakıyorsun öyle?

– Sultan görmedin mi yukarıda olup bitenleri? Çocuklar az daha birbirine girecekti benim yüzümden. Et ağırdır. Herkes bu yükü taşıyamaz. Ben onları, bana bakarlarken hep mutlu gördüm. Onlara yük olup da, yüzüme mutsuz ve öfkeli bakmalarına dayanamam. Beni kaç kez ağlarken gördün Sultan? Kızların yukarıdaki konuşmalarını duyunca içimden bir şeyler koptu. Gözbebeklerime sanki bir okyanus dayandı. Tutamadım kendimi. Metin'in gözlerine baka baka ağladım. Hem ben seni ne zaman arkada bıraktım ki? Ben önden bir gideyim. Eğer memnun kalırsam seni de yanıma aldırırım.

Sultan Teyze gülerek karşılık verdi:

– Sanki yurtdışına çalışmaya gidiyor gibi konuşuyorsun Mustafa. Ayrıca söylediklerinin hepsine ben de katılıyorum. Ben de sığamam sensiz hiçbir yere. Çocuklarımı ne kadar sevsem de, onların beni sevdiklerini bilsem de, hatta el üstünde tutsalar da beni evlerinde, kendi evimde, kendi odamda ve kendi düzenimde ölmeyi tercih ederim. Bizler ince fikirli insanlarız Mustafa. Damatlar bir söz söyler, torunlar dalga geçer ya da ne bileyim işte, gün gelir bir bakış istenmediğimi düşündürürse tadı kalmaz hiçbir şeyin. Şu zamana kadar çocuklarımızla aramızdaki saygı hiç kaybolmadı. Rabbim yüzümüze baksın da şu saatten sonra da kaybolmasın.

– Herkes gider, yine biz birbirimize kalırız. Evlat bile, gün gelir el olur da, yine biz birbirimizi anlarız. Hep bu günün geleceğinden korktum ben. Ama ne yaparsın ki korktuğum başıma geldi. Sen bana tutunamaz, ben sana yaslanamaz oldum. Keşke şu an, şurada böyle el ele ve diz dizeyken birlikte can verebilsek seninle. Ben senin adını ve yüzünü unutmak istemiyorum Sultan. Rabbim, seni unutmama izin vermeden alsın canımı.

– O ne demek Mustafa? Neden beni unutacaksın ki? Bu hastalık her şeyi beynimden siliyormuş. Ne geçmiş kalıyormuş ne gelecek. Yaşadığım her şey, tanıdığım her insan bir anda toz olup gidiyormuş. Hatta kendimi bile...

– Nereden çıkardın bunları Mustafa? Hem doğru olsa bile tüm bunlar, ben seni unutmam. Ne adını ne yüzünü ne de mutlu geçen yıllarımızı. Bunları silmeye kimin gücü yeter ki. Merak etme sen. Ben yanındayken kimse sana bir şey unutturamaz.

Sultan Teyze, eşinin söylediklerini ilk kez duyuyormuş gibi tepki verse de eşinin hastalığıyla ilgili tüm ayrıntıları kızlarından öğrenmişti. Kısa bir sürede sevgili eşinin ne hale geleceğini az ya da çok biliyordu. Ama bunları konuşmanın ne yeri ne de zamanıydı. Bazen olmayacağını bilsen de, insanlara tutunacakları umutlar vermek gerekir. Çünkü karanlıkta yürüyen her insan, çevresinde cılız da olsa bir ışık arar. Bir ışık görebilme umuduyla adımlar atar. Eşinin karanlık bir kuyuya düştüğünün farkında olan Sultan Teyze'nin de yaptığı bundan farklı değildi.

Yaşlı çift bu düşüncelerle el ele bahçede otururken, evde ise derin bir sessizlik vardı. Kızlar gözlerini birbirinden kaçırırken, Metin ise yerinden hiç kalkmamış ve başı ellerinin arasında derin düşüncelere dalıp gitmişti. Bir süre sonra Sebiha, Metin'in yanına geldi:

– Sen ne düşünüyorsun Metin? Hiçbir söz etmedin bu konuda kardeşim.

Saadet imalı imalı Sebiha'ya baktı:

– Babam son noktayı koydu işte Sebiha. Konuyu daha fazla uzatma istersen. Zaten o evin hep el bebeği, gül bebeği olmuştur. El üzerinde tutulmuştur. Ne annem ne de babam kıyabilir ona. Babamı bakımevine yatırırız. O da zaten öyle istiyor. Annem için de bir çözüm buluruz. Metin de ara sıra ziyaretlerine gelir. Vicdanını rahatlatır.

Metin bu sözlerin üzerine öfkeyle yerinden kalktı:

– Yeter! Bugün seni tanımakta zorluk çekiyorum abla. Bu sözler, yıllarca "ablam" diye sevdiğim, büyüğüm bildiğim ve hislerine, düşüncelerine hep güvendiğim insana ait olamaz. Bu öfkenin, bu nefretinin ve içinde gizlediklerinin nedenini anlayamıyorum. Ailemizin birliğine nasıl zarar verdiğinin farkında mısın? Ablam da olsan, hak etmediğim şeyleri söylemene müsaade etmem. Saygımdan bir yere kadar seni dinlerim. Sonrasında kan bağımız da olsa aramızda dinlemem. Haddini aşma. Yüreğimde ve aklımda seni geçmişte hatırladığım gibi kal. Lütfen.

Metin bahçeye inerek annesinin ve babasının karşısına oturdu. Bir süre her ikisinin de yaşlılıktan küçülmüş gözlerine baktı. Sonra her ikisinin de elini tuttu:

– Ben şimdi gidiyorum. İki güne kadar geri gelirim. Halletmem gereken işlerim var. Ben gelene kadar iyi bakın kendinize.

Sonra annesinin yanaklarını avuçlarının arasına aldı:

– Anne, küçük odayı benim için hazırlar mısın? Görüşmek üzere. Seviyorum sizi.

– Biz de seni seviyoruz oğlum. Ama...

Metin arabasına binip ayrılırken, Mustafa Amca ve Sultan Teyze birbirlerine şaşkınlıkla baktılar. Mustafa Amca yerinden doğruldu:

– Bu çocuk ne demek istedi şimdi Sultan? Küçük odayı neden hazırla dedi sana?

– Bilmiyorum. Belki iznini alıp gelecek yavrum. Bilirsin, Metin ince ruhlu bir çocuktur. Kızların keskin dili ve yüreği onda yoktur. Yanımızda olmak istemiştir.

– Çocuğun işleri çok yoğun Sultan. Bizim için işyeriyle sorunları olsun istemem. Neyse bir gelsin de konuşuruz.

Aradan geçen iki gün sonra, Metin tam da söylediği günde gelmişti babaevine. Eve çıkardığı bir sürü bavulu gören anne ve babası, kafalarındaki sorularına cevap bulabilmek için oğullarının nefes almasını ve dinlenmesini beklediler. Metin dinlendikten ve akşam yemeğini yedikten sonra anne ve babasının merakını gidermek için konuya girdi:

– Biliyorum, merak içindesiniz. Öncelikle şunu belirtmek istiyorum ki, birazdan size anlatacaklarımla ilgili bir itiraz istemiyorum. Siz mutluluğu hep bizim gülen yüzümüzde aradınız. Huzursuzluğumuz sizin hayatınıza da anında yansıdı. Ben iki gün önce şu koltukta sizlerin gözlerinize bakarken, derin bir hayal kırıklığı gördüm bize karşı. Endişe ve mutsuzluk gördüm. Babamın gözlerinde tükenmişlik gördüm. Ve siz, yine biz mutsuz olmayalım diye beklentilerinizi içinize atıp hiç de istemediğiniz çözüm yolları sundunuz bize. Ben o gün burada tartışan ablalarımı tanıyamadım. Söylediklerine inanamadım. Ailemdir dedir sustum. Abladır dedim saygısızlıkta bulunmadım. Ama kendimi çok iyi biliyorum ve tanıyorum. Bana hayat veren, benim için her an endişe eden ve hiç kimsenin sevmediği kadar beni seven insanları yarı yolda bırakmam. Bırakamam. Yani benim güzel annem ve canım babam, işimi gücümü bıraktım. Arkamda beni merak eden ve beni bekleyen hiç kimse yok. Tüm kalbimle, tüm enerjimle ve tüm sevgimle yanınızdayım artık. Size ben bakacağım. Nefesim yettiği kadar ve nefesiniz yetene kadar.

Çünkü anne ve babamı seviyorum...

Metin bir köşede radyo dinleyip gazetesini okurken annesi seslendi:

– Radyonun sesini biraz daha açabilir misin oğlum? Baban bu türküyü çok sever.

Sözlerini tam olarak bilmezdi ama, "Bülbül havalanmış. Yüksekten uçar" diye mırıldanırdı keyifli olduğu zamanlarda.

– Açıyorum anne. Madem çok seviyor, radyoyu biraz daha yaklaştırayım babama.

Aradan tam bir yıl geçmişti. Doktorun söylediği gibi hastalık çok hızlı ilerlemişti. Metin elinden gelenin en iyisini yapmaya çalışsa da, babası her geçen gün tükeniyordu. Beyninde anıları, bedeninde canı tükeniyordu. İki aydır da yatalak olmuştu. Bazen eşini, bazen oğlu Metin'i tanımakta zorluk çekiyordu. Böyle durumlarda agresif tavırlar gösteriyor ve bağırıp çağırıyordu. Birkaç kez oğluna ve eşine tokat attığı da olmuştu. Ama eşinin de Metin'in canı bu tokattan dolayı değil, unutulmaktan dolayı yanmıştı. Doktorlar bu evrenin son evre olduğu konusunda da uyarmıştı aileyi. Ama hastaya çok güzel bakıldığını ve bu bakım sayesinde de kalan ömrünün tahmin edilenden daha da uzun olabileceğini eklemişlerdi. Metin, ilk zamanlarda hasta bakımı konusunda zorlansa da, konuştuğu insanlar, hasta yakınlarının açtığı bloglardaki yazılar ve doktorların yönlendirmesiyle yaptığı işi daha bilinçli ve profesyonel yapmaya başlamıştı. Ama her şeyden öte bu iş, sevgi ve gönüllülük işiydi. Her gün yatalak bir Alzheimer hastasına banyo yaptırmak, ilaçlarını saatinde vermek, yemeklerini püre haline getirip yedirmek, bir şeyleri unutmasın diye onunla sürekli iletişim halinde olmak, tekrarlayan sorularına sabırla cevap vermek ve en önemlisi de, tüm bunları yaptıktan sonra bir gülümsemesiyle sevinmek herkesin harcı değildi. Vefanın mumla arandığı bir çağda, bunları severek yapmak her kişinin değil, er kişinin yürek güzelliğiydi. Anne ve babanın ayağının altındaki cenneti aramak ve o cennete talip olmak bu olsa gerekti. Ama Metin daha da zor günlerin kendini beklediğinin farkında değildi. Gerçi anne ve babasının mutluluğu ve bir gülen yüzü için dünyayı yükleseler omuzlarına, gözünü kırpmadan onlar için bu yükü taşımaya hazırdı. Daha da kötü ne olabilir ki deme? Zorlukların ve hüzünlerin cümbür cemaat gelmek gibi bir alışkanlığı vardır. Sadece yaşayanlar bilir bu acıyı ve bu zorlu süreci. Peki, neydi Metin'i bekleyen kötü haberler? Devam edelim...

Şu dünyada sevmediği hiçbir şeye sabır gösteremez insanoğlu. Sevgi bittiğinde, sabır da hemen arkasından gider. Metin'in anne ve babasına içinde beslediği sevgi ise, sabrın çok ötesindeydi. Ara sıra babasının uzun süre yatmaktan oluşan sırt yaralarını temizledikten sonra, babasının minnettar bakışları ve elini sıkıca tutması bile gücüne güç, sevgisine sevgi katıyordu. Evet, zor olabilirdi imtihanı, eğer Metin bu yaşadıklarına bir imtihan deseydi eğer. O bu duruma daha farklı bir gözle bakıyordu. Karşılığında bir cennet beklemek gibi bir pazarlık içerisinde de değildi. Komşularının ve arayıp soran arkadaşlarının, "Nasıl dayanıyorsun? Bu gücü nereden buluyorsun?" sorularına ise net ve kısa bir cevap veriyordu: "Çünkü anne ve babamı çok seviyorum." Bu süreçte en yakın arkadaşı ve yardımcısı ise annesi olmuştu. Birlikte yaptıkları yemeklerde, yemek sonrası içilen kahvelerde ve akşam sohbetlerinde birbirlerine yarenlik yapmışlardı. Kendilerine göre bir düzen kurmuşlardı şu geçen bir yılın ardından. Ablaları ise önceleri sık sık gelseler de, sonraki süreçlerde bu ziyaretlerin süresini oldukça uzatmışlardı. Metin de bu konu üzerinde pek fazla durmamıştı açıkçası. Bu yola, hiç kimseden bir yardım beklemeden tek başına çıkmıştı. Babasının yemeğini yedirip temiz bir yatağa yatırıp uyuttuktan sonra içinde hissettiği huzur, tüm yorgunluğunu alıp götürüyordu. Ta ki, annesinin unutkanlığının, dalgınlığının ve kısa süreli hafıza kayıplarının artması sebebiyle onu doktora götürene kadar. Doktorun dudaklarından dökülen, "Anneniz de babanızla aynı hastalığa yakalanmış," sözünü duyana kadar. Sultan Hanım, hastalığını öğrendikten sonra kendisi için değil, en çok da oğlu Metin için üzülmüştü. Hastalığın nasıl hızlı ilerlediğini ve bakanı nasıl da yorduğunu eşinden tecrübe etmişti. Henüz bir şeylerin farkındayken oğluyla bu durumu konuşması gerektiğini hissetti. Bunu yarına bırakmak istemedi. Bu konu bu gece konuşulmalıydı. Bu yük oğlu için bile çok fazlaydı. Babasına bir bebek gibi bakan oğlu, bir de annesinin bakımını tek başına sırtlayamazdı. Bu düşüncelerle gecenin bir yarısı yatağından doğruldu ve salona ilerledi. Metin babası ağırlaştıktan sonra kendi odasında değil, babasının hemen yanında yatıyordu. Her üç saatte bir uyanıyor ve babasını yattığı yönden diğer yöne çeviriyordu. Bu şekilde yatmaktan oluşan sırt yaraları daha fazla büyümüyordu. Sultan Hanım salona girdiğinde, oğlunu secdeye kapanmış bir şekilde dua ederken buldu. Secdede sessizce ağladığını ve dua ettiğini duydu. Metin, "Allah'ım bana daha fazla güç ve kuvvet ver. Güç ver ki babam gibi anneme de bakabileyim," diyordu. Sultan Hanım bu görüntü ve dua karşısında kendini daha fazla tutamadı ve oğlunun yanına oturarak ona sıkıca sarıldı. Anne ve oğlunun gözyaşları birbirine karıştı âdeta. Bir annenin secdedeyken ağlayarak ettiği hayır duasını, hayırlı bir evladın anne ve babasına ettiği dualar izledi. Sultan Hanım avuç içleriyle oğlunun gözyaşlarını sildi:

– Yeter oğlum. Daha fazlasına ne senin gücün yeter ne de benim gönlüm razı olur. Gözünü seveyim yeter. Bize bir bakıcı tut ve kendi hayatına dön. Farkında mısın? Sen de bizimle beraber yaşamadan ölüyorsun yavaş yavaş. Gençliğin, mesleğin ve geleceğin elinden gidiyor. Ben senin mutlu olduğunu göreyim, sesini duyayım yeter. Bak babana, ne seni hatırlıyor artık ne de beni.

– Ama ben sizi hatırlıyorum anne. Sizin annem ve babam olduğunuzu biliyorum. Şunu bilmeni isterim ki anne, değil bir sene, bin sene de olsa bakarım size. Ben şu eve geleli ve babama bakalı bir yıl olmuş. Yaptığım işin ne kadar zor olduğunun farkındayım. Ve tekrar tekrar söylüyorum sana, ben sizin yanınızda mutluyum, huzurluyum. Hem artık tanıyorum bu hastalığı. Süreci çok iyi biliyorum. Eskisi kadar acemi değilim. Ne bu hastalığı ne de sizi benden daha iyi kimse bilebilir. İşte bu yüzden hiçbir yere gitmiyorum. Sen de böyle konuşmaları bırak artık lütfen. Bana yardımcı olmak istiyorsan eğer güzel beslen, güzel düşün ve dua et lütfen anne. Bunlar bana yeter.

Sultan Hanım, oğlunun saçlarını okşarken yüzündeki hüzün ve mutluluk sık sık yer değiştiriyordu. Bir yanı gördüğü vefa karşısında mahcup ve mutluyken, diğer yanı oğlu için için ağlıyordu. Herkes kızlarında ararken vefayı, o fazlasını oğlundan görüyordu. Ve tüm dualarında oğlu için, "Rabbim ben ondan razıyım. Sen de ondan razı ol," diyordu. Hemen arkasından, "Allah'ım, sen daha iyi bilirsin ya, tez zamanda hayırlı bir ölüm nasip et bize," diye de ekliyordu.

Sultan Teyze, bir yıl sonra oğlunun ellerinde son nefesini verdi. Mustafa Amca'nın eşinden altı ay önce ruhunu teslim ettiği gibi. Her ikisi de yüzlerinde tatlı bir tebessümle ve çocuklarına baka baka vefat ettiler. Metin, birkaç ay daha babaevinde yaşadı. Anne ve babasına baktığı zor geçen o iki yılda çökmedi de, her ikisini de toprağa verip o boş eve girdiğinde düştü yüzü, omuzları ve umutları.

Onlarsız geçirdiği o ilk gece, sabaha kadar hıçkırık sesleri yankılandı kulaklarımızda. Birçoğunun bir gün bile katlanamayacağı, dayanamayacağı ve hatta göze bile alamayacağı bir vefayı, yıllarca tek başına üstlenmişti. "Evet yaptım. Çünkü ben onları çok sevdim," demişti. Sonrasında büyük ablası Saadet taşındı babaevine. Metin'i ise uzun süre hiç görmedik. Belli ki kırgınmış ablalarına. Önemli günlerde arar ve hatırlarını sorarmış. Kendi hakkında pek konuşmazmış. Ara sıra anne ve babasının mezarını ziyaret edermiş ve sonrasında da hemen çekip gidermiş. Uzun yıllar sonra bir bayram günü karşılaştık Metin'le. Bembeyaz saçları, gülen yüzü ve iki dünya tatlısı çocuğuyla karşıladı bizi. Biraz da kilo alınca aynı Mustafa Amca'ya benzemiş. Çalıştığı şirketin sahibinin kızıyla evlenmiş. Şirkete de ortak edilmiş. Eşi Melek'le de ayaküstü konuştuk biraz. Samimiyetini ve cana yakınlığını anlatamam. Allah, Metin'e tam gönlüne göre vermiş. Babaevini ve ablalarını ziyaret etme konusunda da Metin'i o ikna etmiş. Arkalarından bu mutlu aileye bakarak dedim ki, "Rahmetli Sultan Teyze'nin oğluna duaları kabul edilmiş," Ne mutlu ana ve baba duası alanlara. Ne mutlu sevdiklerine yüreklerinin ta dibinden sarılanlara. Yarım ve yalnız bırakmayanlara, mutlu ederek mutlu olanlara ne mutlu. Nasibini doğru bildiği yolda arayanlara, zorluklar karşısında sabredip kaçmayanlara ne mutlu. Ne mutlu onlara.

Unutmayın ki yapılan iyiliklerin
karşılığını kul diliyle,
Allah ise misliyle verir.

Ve ben inanıyorum ki...

Gördüğü tüm zalimliklere rağmen merhametini koruyanlar, ne olursa olsun doğru yoldan ayrılmayanlar, kalbinde kötülük bulunmayanlar, "Ben onlar gibi olamam," diyerek değerleriyle yaşayanlar ve tüm zorluklara rağmen, "Sabır benden, hayırlar senden Allah'ım," diyerek ayakta kalanlar, bir gün mutlaka kazanacaklar.

İnsanların incelikten anlamadığı
kötü bir zamana düştük.
Bundandır kabuğumuza çekilmemiz.
Bundandır tüm olup biteni uzaktan izlememiz.
Ve bundandır yalnızlığı bu kadar çok sevmemiz.

İnsan olmak

Şu hayatımda en büyük servetim ne biliyor musun? Gece olunca kafamı yastığa koyduğum zaman anında uykuya dalabilmem. Bu ne demek bilir misin? Geriye dönüp her baktığımda hesabını veremeyeceğim, yüzlerine bakamayacağım ve utanacağım hiçbir şeyim ve kimsem yok demektir. Sık sık yaşadıklarımın muhasebesini yapan biriyim. Ne yaşamışım, kime ne yaşatmışım? İnsanların acılarında ve gözyaşlarında bir sorumluluğum ve kusurum var mı? Biliyorum, şu yaşadığım ömür bir gün karşıma çıkacak ve bana yaşadıklarımın hesabını bir bir soracak. İşte o zaman vicdanım rahat olarak, "Üzüldüm ama üzmedim. Kırıldım ama incitmedim. Haksızlık gördüm, mazlum oldum ama zulmetmedim. Kimseyi yarı yolda bırakıp gitmedim. Kimsenin acısına, yangısına ve yarasına gülmedim. Evet, eksildim, eskitildim fazlasıyla. Çok zaman nefessiz kaldım ama hiç kimseyi yaşarken öldürmedim. İşte benim heybemdeki servetim. Belki satsam para pul etmez ama bu servet beni fazlasıyla insan eder. Ve şu zamanda insan olmak, her şeye değer.

Duyan sensin, bilen sen...

Allah'ım kötü günlerimde sabrettim. İyi günlerimde şükrettim. Boğazımda düğümlenenleri, fedakârlıklarıma karşı nankörlük ve vefasızlık edenleri de yalnızca Sana havale ettim. İyi niyetlerimden ve insanlığımdan dolayı hesabını soramadığım, haberim olmadan haksızlığa uğradığım ve kimseler görmeden ağladığım her ne varsa bu hayatımda, hakkım helal değildir onlara. Fanilerin adaleti dindirmez acımı. Baki olan Sensin. İlahi adaletini tez zamanda tecelli ettir, insanlıktan nasibini almayanlara.

Çünkü Allah, intikam alanların en hayırlısıdır.

Böyle gördüm, böyle yaşadım...

Bazı konularda eskisi gibi olmadığımı ve olamayacağımı biliyorum. Biliyorum, insanlara artık kolay kolay güvenmeyeceğimi, onlar hakkında bin kere düşünmeden hayatıma dahil etmeyeceğimi ve şüphelerimin şu yaralı yüreğimden gitmeyeceğini. Biliyorum, duvarlarımı kolay kolay indirmeyeceğimi, mutluluklarımı eskisi gibi coşkulu hissetmeyeceğimi ve bazı insanların bana yaptıklarını asla affetmeyeceğimi biliyorum. Allah daha iyi bilir ya, asla böyle bir insan olmayı istemedim. Uzun süre yaşadıklarıma ve insanlara bakarak "dünya hali" dedim ve gülümsedim.

Ne var ki öyle değilmiş işte. İnsan şu dünyada neyi seçerse ve neye inanırsa onun peşinden gidermiş. Kader değil, iyiliği de kötülüğü de insan kendisi seçermiş. Hani eskilerin dediği gibi; insanın kendine ettiğini, bütün köy toplansa edemezmiş. Ve ne acı ki, insanlar verdikleri acılara hiç aldırış etmeden, kendilerini hiç eleştirmeden tüm suçu hep başkalarına yüklermiş. Bilir misin, hiçbir suçum olmadığı halde kaç haksızlığın sırtıma yüklendiğini? Ve unutamam, bana bu haksızlıkları yapanların, "Hata sende," diyerek, hiç utanmadan pişkin pişkin yüzüme gülümsediklerini.

Ama hayır, beni asla kendilerine benzetemediler ve benzetemeyecekler. Ben onlara bakarak, "İşte bu dünyada benim imtihanım da bu zalimler," dediğim sürece, beni doğru bildiğim yoldan asla döndüremeyecekler. Onların yüreklerinde kök salmış o kötülük tohumunun, kendi içimde filizlenmesine müsaade etmeyeceğim. Hiç usanmadan ve ısrarla, o iyilik düşüncesinden ve insanlığımdan, "Aman herkes yapıyor nasıl olsa," bahanesiyle vazgeçmeyeceğim. Böyle gördüm. Böyle yaşadım. Bu dünyadan da işte böyle gideceğim.

Hakkımda hayırlısını istiyorum sadece

Bilmiyorum nasibime düşen daha kaç nefesim var... Kimler güzümden yaş olur akar, kimler canım olur. Kimler dilimde vahım, daha kimler yüreğimde imtihanım olur. Kimlerin varlığına şükrederim, kimler daha sabrım olur. Yolum kimlerle kesişir, bilmem daha kaç ayrılığım olur. Bildiğim bir şey varsa eğer, o da hakkımda hayırlısını istemek. Kimseye yük olmadan ve kimseye dert olmadan bu dünyadan göçüp gitmek.

Benim tüm dualarım, "Allah'ım, beni kimseye yük etme," diye biter.

Hayırlısı demenin huzuru...

Farkındalığım arttıkça insanlara hissettiklerimi, onlardan gördüklerimi, güvenimi, iyi niyetlerimi ve en önemlisi de kendimi daha çok sorgular oldum. Yaktığım limanların haddi hesabı yok son günlerde. Ama fark ettim ki, kendimi değersiz hissetmeme neden olan insanlarla arama mesafe koydukça ve onlar hayatımdan çıktıkça huzurum arttı. Belki bir elin parmaklarını geçmez şu an yanımda olan insanların sayısı. Ama en azından kimin ne niyette olduğunu, kimin yanımda, kimin karşımda olduğunu ve en önemlisi de artık kime güveneceğimi çok iyi biliyorum. Tabii ki yaşamadan, ummadığın yerlerden yara almadan ve en yakınım dediğin insanlarla bile imtihan olmadan bu olgunluğa erişmek mümkün değil. Hele, "O asla bunu yapmaz," dediğim insanlar canımı hiç düşünmeden yaktıkları zaman, "O aldatmaz," dediklerim beni aldattıkları zaman ve "yanımda, yakınımda" dediklerim bile beni yarı yolda bıraktıkları zaman, canım öyle bir yandı ki anlatamam. İnsanın beli kırılıyor, dili tutuluyor ve güvendiği tüm dağlar birer birer içine batıyor böyle zamanlarda. Söyler misin bana; böyle bir yıkımdan sonra, insan bir daha kime nasıl güvenebilir? Kimin sözüne inanır? Kimi yeniden sevebilir?

"Ah," diyorum içimden, "bu kadar insan arasından benim nasibime düşen bunlar mı?" Sonra üzerinden biraz zaman geçince taşlar yerine oturmaya başlıyor. İşte o zaman anlıyorsun şerde gizlenen hayrı, hayırda gizli şerri... ve, "Hayırlısı," demenin huzur dolu kollarına bırakıyorsun kendini. Çünkü o an anlıyorsun, güvendiğin o güç, kendini teslim ettiğin o makam ve sana hayrın kapısını açacağına inandığın o kudret, bu dünyaya ait değil. Boş yere değilmiş diyorsun bu yaşananlar, anlamsız bulduğun bu imtihanlar ve içine dert olan bu haksızlıklar. Mesele sabredebilmekte, tevekkül edebilmekte ve inandığın o yoldan hiç ayrılmadan yürüyebilmekte. **Mesele, insanlığın parmakla gösterildiği şu ahir zamanda, "Her günahın bir bedeli ve her şeyin doğru bir zamanı var," diyerek insan kalabilmekte.**

Bak burası önemli...

Yeri geldiğinde gülüp geçmeyi öğren.
Göreceksin ki böylesi bir duruş,
laf anlamayana laf anlatmaktan,
bir şeyleri değiştirmek için çırpınmaktan
ve insanlıktan nasibini almamışlarla uğraşmaktan
daha az yoracak seni.

Lütfen izin verme...

Bazen yüzüm istemsiz düşebilir. Bazen bam telime dokunabilir küçük bir ayrıntı, eski bir anı ya da ne bileyim, dudaklarından dökülen bir söz. İşte o an bil ki, uzaklarında değilimdir senin. Ama kısa bir sessizliğe, bir süre yalnızlığa ihtiyacım vardır sadece. Yalvarırım bunu bir küskünlük ya da kopuş olarak algılama. Çok bekletmem. Emin ol, en kısa sürede tekrar dönerim sana. Senden tek isteğim, ne olur böyle zamanlarda üzerime gelme. Sadece bekle. Sorularınla ve tavırlarınla yorma beni. Sonrasında beni dizlerinde uyumuş bir halde bulacaksın. İşte bu sakinliğin ve bu anlayışınla içimdeki fırtınalarıma liman olursun. Sana geri dönüşlerimde ne olur sırtını dönme bana. Sabrına ve sıkıca sarılmalarına ihtiyacım olduğu zamanlarda ne olur itme beni. Bilirsin, sevmem küskünlükleri ve bir inat uğruna soğuyan sıcak ilişkileri. Buna izin verme, ne olur. Konuşarak iyileşmek varken, uzak durarak derinleştirme sorunları. Söylediklerimi kabul etmesen de, beni her zaman dinleyeceğine olan inancımı kırma. Birkaç güzel sözle son bulacak sıkıntılarımız için, günlerimizi gecelerimizi yorma. Konuşabildiğimiz sürece, her soruna bir çözüm bulunur. Bazen ben senin adımlarına koşarım, bazen sen benim adımlarıma. Ben sevdiğim zaman ve sevildiğimi hissettiğim zamanlarda çabuk unuturum, unutmam gerekenleri. Sen de, çözümün bir parçası olmayacak geçmiş sıkıntılarımızı, sürekli olarak yüzüme vurma, ne olur. Ben niyete bakarım sevgili. Orası temizse ve inanırsam çabaladığına, her türlü yanında olurum. Yazık etmeyelim ne olur şu günlere, şu gecelere ve şu güzelim mevsimlere. Sevgi dolu bir bakışla çözülür içimdeki buz dağları. Sen yeter ki sıcacık bakmasını bil.

Bir gün yanında bulamazsan beni,
sendeki önceliğimi sorgula.
İlişkimizdeki bencilliğini sorgula.
Yorgunluğumu, kırgınlığımı ve
seninleyken olan yalnızlığımı sorgula.
Bazen cevap yapılanlarda değil, yapılmayanlarda gizlidir.

Ne olur kıymetimi bil...

Bir yere kadar sevgili, inan ki aşk denilen o duygu bir yere kadar. Bu ışık saçan gözler, bu parıldayan yüz ve ismimizi duyduğumuzda içimizi yakan o kor var ya, hepsi bir yere kadar. Sonrası ne biliyor musun? Sonrası saygı, sonrası sadakat, merhamet ve çokça vefa. Çünkü bir ateşin alevi değil, o ateşin koru ısıtır insanı. Ben gelip geçen o alevin peşinde değilim. Tenimin ısınmasını değil, içimin ısınmasını istiyorum. Zaten ısınmazsa içim, neylesin alevi tenim. Bu yol uzun sevgili. Bu yol yorucu. Bırak eskiyelim. Ama yalvarırım eksiltmeyelim birbirimizi. Etrafına bir bak. Görmez misin yarım kalanları, birbirinin canını yakanları, çabuk yorulanları ve günden güne sayısı artan ayrılıkları. "Bir ömür boyu," diyerek birbirine söz verip de, ilk yokuşta nefesi kesilenleri görmez misin? Peki, yalnızlığına sarılanları mutlu mu sanırsın? Unutma sevgili, eşini bulmadıkça, dünyanın güzelliklerine dört gözle bakmadıkça ve ruhu okşanmadıkça insan mutlu olmaz. Gerisi laf kalabalığı ve kendini kandırma sanatı işte. Bak bir çevrene sevgili. İnsanların birçoğunun içi ölmüş. Bakma sen onların nefes aldıklarına. Ruhları çoktan başka başka diyarlara göçmüş. Kaldırımlar mutsuz insanlar yumağı. Yan yana yürümek, her zaman aynı yöne gitmek değil sevgili. Adımlar aynı yöne doğru olsa da, hayaller başka başka olmuş. Ve en kötüsü de, kendilerine yapılmasını istemedikleri her şeyi, hiç acımadan birbirlerine yapıyorlar. Kimileri umudunu tamamen yitirmiş kapanmış hücresine, kimileri almış başını gitmiş insandan uzak yerlere. Tabii ki, bir de umudunu hiç yitirmeyenler var. Sokakları yalan kokan, nehirleri yalan akan bu şehirlerde, kendi gemisini doğruluğun rotasından hiç ayırmayanlar var. Umut etmek benim imanımdandır diyerek, sabır ipine tutunup bekleyenler var. Çünkü onlar için yalnızlık, sadece bir seçim değildir. Dik bir duruştur. İçinde sahtelik olan her şeye ve herkese karşı. Hayatında savaşın en zorunu verip de, zaferin en güzelini hak edenler var. İşte ben de seni, böyle bir savaşın sonundaki hakkım gibi sevdim. Kıymetini bil. Ne olur kıymetimi bil.

Pes etmek en kolayı. Umut etmeyi dene...

Bazen her şey üstüne üstüne gelebilir. Bazen sabır diyen dilin, gün gelir yeter artık diyebilir. Bazen yüreğin hiç olmadığı kadar kendini yalnız hissedebilir. Bazen insan, iyi niyetlerinden bile nefret edebilir. İşte böyle zamanlarda şunu sakın unutma; zor zamanlarda gösterdiğin sabrın, doğru yolundan ayrılmayan inadın ve her şeyin bir imtihan olduğunu bilen inancın senin kurtarıcın olacaktır.

Evlat...

Belki yeri değildir, belki zamanı hiç değildir. Ama yine de hayallerimin zincirlerini kırdığı şu günlerde, sevimli bir konudan da bahsetmek isterim sana. Seninle bu konuyu belki hiç paylaşmadım. Bir oğlum olmasını hep istemişimdir. Hayali gibi, adı da hazırdır kalbimin ta derinlerinde. Hayırlısı deyip susturmuşumdur bu isteğimi uzun zamandır içimde. O ise, hep bir yolunu bulup kendisini unutturmamıştır, dualarımda unutulmamıştır.

Evlat diyorum, can parçası, varlığı dert ilacı, yokluğu tarifsiz sancı. Evlat diyorum, dört duvarı yuva yapan, huzur kokan ve şu hayatın ağır yükünü omuzunda bin bir güçlükle taşırken, seni ayakta tutan. Yani sevgili, benim hislerim ve dualarım bunlar. Hayırlısını beklerken ve Rabbimden hayırlısını isterken, hiç umudumu kesmedim. Bana şimdi bu hayalleri kurduran Mevlam, gün gelir gerçeğini de yaşatır diye bekledim. Hakkım olmayan hiçbir şeyi istemedim. "Rabbim, şu kulun neyi hak ediyorsa, sadece onu ver," dedim. Sonra sen geldin. Önce seni bana verdiğine, sonra varlığına şükrettim. Şimdi ise evlat diyorum. Rabbim, tüm kalbimle Senden hayırlısını istiyorum. "İsteyin vereyim," diyen Sen, Senden başkasına el açmayanlara istediklerinin en hayırlısını verirsin biliyorum.

Bir oğlum olsun benim...

Bir oğlum olsun benim. Kömür karası saçları, ışık saçan ve ısıtan bakışları olsun. En güçlü olduğu anlarda affetmeyi ama haksızlıklar karşısında da eğilmemeyi bilsin. Taşın suyunu çıkaracak kadar güçlü olmasına gerek yok. Bir kadının canını, yüreğini yakmayacak kadar şefkatli ve boş yere gözyaşını akıtmayacak kadar da merhametli olsun. Yani sevdiğini incitmesin. Gücün bilekten ya da erkeklikten değil de, yürekten geldiğini, bazen bir kadının da, bir erkekten daha güçlü olabildiğini öğrensin. Ve işte böyle kadınları sevsin. Bedeli her ne olursa olsun, doğru bildiklerinin peşini hiç bırakmasın. Pes etmesin. Ne bir kulun hakkını yesin ne de alın teriyle kazanılmış ekmeğinden vazgeçsin. En yalnız kaldığı zamanlarda bile yalnız olmadığını bilsin. Ona öğrettiğim dualarla Rabbim'den yardım istesin. Bir oğlum olsun benim. Rabbimden dileğim bir evlat. Rabbim bana hayırlısıysa versin.

Bu hayat benim

Bak sevgili, gün olur da sahip olduğumuz mutluluğu ve sadece birbirimizin dudaklarından duyduğumuzda inandığımız doğruluğu, sakın ola başkalarının yeminlerine değişme. Ben şu hayatta çok az kişiye inanır ve güvenirim. İnsanların mutlu hayatlarını, kendi rezil hayatlarına benzetmek isteyen iğrenç mahlûklar var bilirim. Benden duymadığın, bende görmediğin hiçbir konuyu, başkalarının ağızından konuşma bana. Bir kez senin etkilendiğini ve anlattıklarına inandığını görürlerse, bir akbaba sürüsü gibi sararlar etrafını. Ne onlara inanarak sırrını anlat ne de mutluluğunu onların gözlerine sokacak gibi yaşa. Ne onların zavallı hayatlarının hikâyesi dolaşsın evimizde ne de bizim sorunlarımız onların kirli dillerinde. Ben, bu elâlem denenlerden çok çektim. Bu insanların sınırları yok sevgili. Ahlakları, edepleri ve insanlıkları yok. Zevk olsun diye yuva yıkar bunlar. Sonra da bir kenara çekilip, olan bitene uzaktan keyif içinde bakar bunlar. Öyle bir keyif alırlar ki yaptıklarından, dışarıya üzülmüş gibi görünürler ama içlerinden sevinç çığlıkları atar bunlar. Beni benden dinle. Başkalarının kulaklarına ve kelimelerine ihtiyacımız yok. Şu zamanda birini bulmak zor değil. Zor olan, bulduğunun değerini ve kıymetini bilebilmek. Başlamak değil, sürdürmek asıl mesele. Herkesin burnunu sokmak istediği bir ilişkide, "Bu hayat benim. Bu benim kararım. Cefası da, sefası da benim. Herkes kendi işine baksın," diyebilmek asıl mesele.

Allah biliyor

Bırak, insanlar senin hakkında istedikleri gibi düşünsün.
Kimin ne olduğunu Allah biliyor.
İnsanların hayır bilmez dillerine takılma.
Lafı büyük konuşanlara derslerini zaman veriyor.
Kırılan kalbine sabır sür ve yürü bildiğin yolda.
Haklının gözyaşını Allah siliyor.
Sanma ki kimseler görmez şu hüzünlü hallerini.
Senin neler çektiğini Allah görüyor.

Laf taşıyanlara...

Kimse kimsenin içini bilmez, niyetini bilmez, kavgasını ve acısını bilmez. Ama öyle insanlar vardır ki senin hakkında her şeyi onlar bilir. Ve bildiklerinden o kadar eminlerdir ki, yalana doğruya, harama günaha bakmadan bunu herkesle paylaşırlar. Bazı kendini bilmezler dedikoduyu eğlence, herkesi de kendileri gibi gurursuz sanırlar.

Arafta yaşamak...

Bazıları arafta yaşar hayatı sevgili. Hiçbir yere ait değildir onlar. Kalpleri bulamamıştır henüz vefalı toprakları. Ömürleri boyunca ince bir çizgi üzerinde yürürler. Onlar ki, düşmenin acısını da bilirler, sevmenin korkusunu da. Ne yeni bir insan tanımak için kendine güvenleri kalmıştır içlerinde ne de her şeyden vazgeçecek kadar inançsızlardır. Bazıları arafta, tam arada yaşar hayatı sevgili. Kolları uzun süre boşlukları sardığı ve kalpleri büyük yanıldığı için, kendilerine yaslanarak yürürler uzun bir süre. Her ne kadar fırtınalar kopsa da içlerinde, yüzlerinde hep bir sakinlik taşırlar. Dışarıdan asla anlayamazsın içlerindeki kavgayı. Çoğunlukla uzak dururlar insanlardan. Sınırlarını itinayla korurlar. Mesafeli olmak ve güvenli bir alanda yaşamak isterler.

Peki, istedikleri hayat gerçekten de bu mudur? Elbette hayır. Şu hayatta mutlu bir yuva kurmayı onlardan daha çok isteyen de yoktur belki. Doğru insanı bulsalar, şu dünyada belki onlardan daha büyük seven olamaz. İşte bu insanlar, sevdikleri zaman gerçekten de fedakârlıkta sınır tanımazlar. Aslında biliyor musun; mutlu olmak en çok da onların hakkıdır. Ama ben çözemedim şu hayatın şifresini sevgili. Neden mutlu olmayı en çok hak edenler, mutluluğun hep uzağında yaşarlar ki? Neden hep bu iyi insanları bulur hüzün? Ben bu soruyu kendime çok sordum sevgili. Sonra, "Dünya dedikleri yer bu kadar yahu," dedim ve sustum. Seninle birlikte kötü anılar biriktirip de kendim için de, "Hepsi bunun için miydi?" demek istemiyorum. Beni anlıyorsun, değil mi?

Bu son olsun lütfen

Tükenmek dediğimiz şey, beklediklerini görememek ve hak etmediklerini yaşadıktan sonra, aynanın karşısına geçip, "Ben bunu hak edecek ne yapmış olabilirim?" diyerek kendini sorgulamak ve tüm bu sorulara bir cevap bulamayıp, geçmişe dönüp her baktığında o bir damla gözyaşına engel olamamak değil midir aslında?

Tercih ettiklerin vazgeçtiklerine değmeli

Çok şey kirlenmiş sevgili. Dilde kelimeler, yürekte niyetler ve sokakta yan yana yürüdüğünü sandığın birliktelikler kirlenmiş. Yalan söylemenin, aldatmanın ve günahın en dibinde yaşamanın, sanki bir maharet gibi anlatıldığı ve yaşandığı şu ahir zamanda, temiz kalmanın ne kadar zor olduğunun farkında mısın? Söylesene, sen de verilen her sözü bin kere sorgulamıyor musun? Eski dostlukları, sohbetleri ve o günleri özlemle anmıyor musun? Kalabalıklardan uzaklaşıp, yalnızlığına daha çok sığınmıyor musun? Yani gün geçtikçe, eskiden yakın olduğun şeylerden biraz daha uzaklaşmıyor musun? Her ne kadar nefsini kalın parmaklıklar arkasına hapsetsen de, onu dipsiz kuyulara terk etsen de, sonuçta yine de insansın. Hayatın o parıltılı sahte ışığı, bir şekilde giriyor pencerenden içeri. Elini uzatıp tutmak istiyorsun. Belki o an, içinde savaşların en büyüğünü veriyorsun. Doğrularının karşısına, hayat en süslü haliyle çıkıyor. Sabrına ve inancına yaslanarak elinin tersiyle ittiğin o an var ya, hani "Ben onlar gibi olmayacağım," dediğin o kararlılık var ya... İşte o an, en büyük zaferini kazanmış bir komutan rütbesine kavuşuyorsun Allah katında. Kazandığını zannederek kaybedenlerden olmak yerine, "Sen kaybettin," diyenlerine yüzlerine bakarak, "Ben kazandım," diyebilmenin huzuruna varıyorsun. Unutma sevgili, her tercih arkasında vazgeçilmiş bir hayat bırakır. Tercih ettiklerin vazgeçtiklerine değmeli. Geçmişte aldığın kararların gelecekte seni pişman etmemeli. İnsan diyorum, şu dünyanın üç günlük olduğunu ve kendisinin de yalnızca bir kul olduğunu bilmeli. Şu dünyada herkese ve her şeye inat, yine de doğrulukta ve iyilikte ısrar etmeli.

Böyle diyor inancım...

Her ne kadar hiç ummadığım yerlerden vurulsam da, parça parça kırılsam da ve kendi içimde kavrulsam da, yine de iyilikten geri durmam. Düşene bir de ben vurmam. Kötülük yaparak kazananları Allah'a havale ediyorum. Kaybedeceğimi bilsem de, ben yine insanlığı ve iyiliği seçiyorum. Kim ne derse desin, iyiler mutlaka ama mutlaka bir gün kazanacak. İnancım böyle diyor. Kimileri kaybettiğini düşünse de kazanıyor. Kimi zavallılar ise çok şeyden habersiz. Onlar kazanırken kaybediyor.

Sizi kim kurtaracak

Ve size sesleniyorum elâlem; evet size diyorum size. Hani hiçbir şeyden haberi yokmuş gibi davranıp da, kuytularda insanların arkasından kuyularını kazananlara, sonra da yokluğunda atıp tuttukları insanların yüzlerine gülenlere, canciğer davrananlara diyorum. Siz istiyorsunuz ki, biz her şeyi yapalım, insanların aralarını açalım, araya fitneler sokalım ve sonra bu durum ortaya çıkınca da sonuna kadar inkâr edip kurtulalım. Zaten sizlerin ortak kişilik özelliğidir, kurbanlarınızı hep iyi niyetli insanlardan ve duygularıyla yaşayanlardan seçersiniz. Çünkü siz iyi bilirsiniz, attığınız çamurun kimin yüreğinde derin izler bırakacağını. Bilirsiniz siz, kimin sırtından vuracağınızı, kimi ağlatacağınızı ve kimin duygularıyla rahatlıkla oynayacağınızı. Siz bilirsiniz, kime sinsice yaklaşacağınızı, o zehirli oklarınızı nereye batıracağınızı ve kimi yaralı bırakacağınızı çok iyi bilirsiniz. Çünkü sizin o küçük beyinleriniz, ancak böylesi pis işler için çok iyi çalışır. O dünyalık zevklerinizle, heybenize tıka basa doldurduğunuz günahlarınızla ve, "Senin artık benimle işin yok," diyerek habis ruhunuzdan kovduğunuz vicdanınızla, sizi nasıl bir cehennemin beklediğinin farkında bile değilsiniz. Unutmayın ki, şeytanınız bol oldukça, cehennem de ateşiniz de bol olacak. Dünyada yaktığınız her can, öbür dünyada hakkını almak için ilk sizi bulacak. Bakalım o zaman hangi bahane, hangi yalan ve hangi gözyaşı sizi kurtaracak?

Yaptıklarımın zerresine bile değmeyecek
insanlar tanımışım.
Allahım kıymet bilmezlerin yoluna
düşürme beni...

Lütfen...

Allah'ım, geçmişte yaşadığım sıkıntılara gösterdiğim sabrımı,
gelecekte bana vereceğin hayırlar için vesile kıl.
Yüreğim ve aklım arasında kalacağım her durumda,
alacağım kararların hayırlı olması için gönül gözümü açık tut.
Dili yüreğinden ayrı konuşanları,
yolun yarısında elimi bırakacakları ve sonunda,
"Tanıyamamışım seni," diyeceğim insanları çıkarma yoluma.
Niyetim gibi akıbetimi de, yolum gibi solumu da hayırlı kıl.

Sen onlardan olma...

Bilmem sana da oluyor mu sevgili? Bazen ruhumda büyük savaşlar veriyorum. Canımı yakan insanları içimde öldürürken, bir yanım da onlarla birlikte ölüyor. İnsanlardan gitmeyi ya da onları kolay silmeyi seven bir insan değilim aslında. Ama onların hayatında olmak da istemiyorum. Onların ikiyüzlülüklerini gördükçe, onlarla olan yakınlığım yüzünden kendime olan saygımı yitiriyorum. Emin ol ki, kendi hallerine hiç bakmadan yaptıkları dedikodulardan tiksiniyorum. Benim yanımda yüzlerine güldükleri insanların hakkında böyle acımasızca sözler edenler, başkalarının yanında benim içinde benzer şeyler konuşurlar biliyorum. Ve böyle insanların üzerini anında çiziyorum. Yan yana oturduğum insanlarla kişiliğimi ve dünya görüşümü geliştirecek sohbetler yapmak istiyorum. Sonrasında dilenen özürler ve geri dönüşlere de itibar etmez yüreğim. Sen de bilirsin ya, bir yerden kırılınca, en güvendiğin yerden yara alınca ve sonra sana bunu yapan insanlar gözlerinin içine, "Affet beni," diyerek bakınca, o gözlerde eski samimiyeti göremiyorsun işte. O an hissettiğin soğukluk var ya, emin ol ki dünyanın hiçbir yerinde yok. Büyüsü bozulunca, araya biraz zaman girince ve insanlara karşı hissettiğin o sıcacık şeyler vefasızlık ikliminde soğuyunca, eskisi gibi asla olmuyor. Sonra tüm bu kayıplar ve bitişler saçında ak oluyor, gözünde yaş oluyor ve en önemlisi de hiç de edinmek bile istemediğin tecrübe oluyor. Şimdi sana diyorum ki, yalvarırım yüzüne bakamayacağım, artık eskisi gibi olamayacağım ve soğumuş bir kalbi özürlerinle ısıtamayacağım sebeplerle gelme bana. İçimde kurumaya yüz tutmuş duygularımı yeşert. Ama ne olur, sen de içimde ölme benim.

Ben bazı insanları yüreğimin
en güzel yerinde taşıdım.
Bazılarını ise layık oldukları yerde
bıraktım. Bir suçlu arıyorlarsa
bu duruma şayet,
Önce aynaya bir baksınlar.
İnsanları haksız yere suçlamak yerine,
Hatayı biraz da kendilerinde arasınlar.

Sevmediğimiz bir ot gibi burnumuzun dibinde bitenler...

Oysa yüzlerine bile bakılmayacak, adam yerine koyulmayacak
ve bir tek kelime bile konuşulmayacak
insanlarla doluydu çevremiz.
Sevmediğimiz ot gibi ve sanki başka bir yer yok gibi
burnumuzun dibinde bittiler.
Gördükleri vefayı bile inkâr edecek kadar namerttiler.
Ne biz onları hak ettik ne de onlar bizi hak ettiler.

Madde gelir geçer, manayı aramak gerek...

Güzelliğe herkes talipken, iyilik ortada kaldı diye düşünüyorum bazen. Herkes koluna takacağı ve çevresinin delice kıskanacağı bedenler ararken, kimse kimsenin iç güzelliğiyle yetinmiyor. Bizim iyilik ve güzellik arasındaki terazimiz fena halde şaştı sanırım. Çok şeyin gösterişini gördü de bu gözler. Sadece dış güzelliği için tüm imkânlarını bir insanın önüne serenleri, yıllarca aynı yastığa baş koyduğu iyi yüreklerden bir anda vazgeçenleri yeni yeni görmeye başladı. Eve yeni aldığın bir tabloda bile bir derinlik ararsın. Ne bileyim işte, baktığında kendine bir yer ararsın o görselin içinde. Peki ya insan, bir ömür geçireceği yol arkadaşının beden ölçülerine dikkat eder de, insanlığını neden ihmal eder ki? Sonra ne oluyor biliyor musun? "Tanıyamamışım seni", "Ama sen değiştin," ve, "Seni tanıdığım güne lanet olsun," gibi ifadelerin ardı arkası kesilmiyor. Peki, o zaman sormazlar mı adama, "Sen suretin güzelliğine kendini kaptırırken, gerçeğin ta kendisini neden görmezden geldin?" diye. Üstelik gerçek niyet ve kişilik, "Ben buradayım," diye bas bas bağırırken oluverir tüm bunlar. Ama neylesin gafil, çevresindekilerin uyarılarına sağır, gerçekler gözüne sokulsa da kör olmuş. Ve akıl "istiyorum olacak" ısrarında sabit kalmış. Nefis denilen şey, o bedende kendini öldürmeden, akıl rahat rahat nefes almayacak belli. Sonradan başa gelen akla ne demeli? Kim geri getirebilir sonrasında kaybolan yılları? Kim telafi edecek maddi ve manevi kayıpları? Ya her şey bittikten sonra aynanın karşısına geçip, "Ben bunu, bana nasıl yaptım?" pişmanlıkları? İnsan diyorum, önce bir bakmalı çevresine. Hem de çok dikkatli bakmalı. Uzun süren evlilikler, mutlu beraberlikler yüz güzelliğinden mi, yoksa ruh güzelliğinden mi böyle uzun sürüyor diye. Cevabı aslında herkes biliyor. Biliyor bilmesine de, bir çift güzel göz, iyi niyetten, endamı üzerinde bir yüz, sağlam bir kişilikten ve söylenen tatlı yalanlar ise samimiyetten hep daha ağır basıyor. Aşk denilen şey, bazen afyon gibi insanın aklını başından alıyor. Bu zamanda doğru karar vermek için, ne istediğini bilmek kadar, sanırım ne istemediğini bilmek de gerekiyor. İnsan şekle önem verdikçe, gerçek manayı kaybediyor.

Birlikte yürüyeceğiniz yolun uzunluğunu,
Bir erkeğin zenginliği değil, adamlığı,
Bir kadının güzelliği değil,
Hanımefendiliği belirler.

Kimin gerçek yoldaş olduğu, yola çıkınca belli olur

Çok şey sizden geçip gider zamanla.
Ne ayakta derman ne de gözlerinizde bir fer kalır.
Uğruna ömrünüzü harcadıklarınız bile ayrılır da sizden.
Yanınızda, *Ömrüm bile senindir,* diyen bir yar kalır.
Güzelliğin mevsimi ulaşır da hazana, huy dediğin eskimez.
O her zaman size bahar kalır.

Senden bir umudum var...

İnsanların acılarına bile gülenler var şu dünyada. Vicdanına ve insanlığına sırtını dönenler var. Kendi yaptıklarına hiç aldırış etmeden, başkalarına ahlak ve edep dersi verenler var. Ahir zamanlar bu zamanlar bilirim. İşte bu yüzden, diliyle yüreği aynı şeyi söyleyenleri ve her türlü zorluğa rağmen yolundan ayrılmayan insanları arar oldu gözlerim. Servetiyle kendini adam zannedenler yerine, merhameti ve şefkatiyle adam olanları yeğlerim. Sakın beni yanlış anlama. Şu ilgimi, sevgimi, sana verdiğim değeri sakın yanlış anlama. Başkaları gibi yıkılacak sağlam bir kapı ve sığınacak bir liman aramıyorum. Sadece huzur istiyorum artık. Artık hak ettiğime inandığım, o bir parça huzurun peşindeyim. Senden tek çıkarım, bana vereceğin değer ve değişmeyen bir kişilik olur ancak. Birinin bende değerli olduğu kadar, benim de onda değerli olduğumu bilmek istiyorum. Sevdiğim kadar sevilmek ve anladığım kadar anlaşılmak istiyorum. Şu samimi ve masum istekleri bile, bu zamanda bulmanın ne kadar zor olduğunu da biliyorum. Benimki bir umut işte sevgili. Senden bir umudum var. Ona iyi bak olur mu?

Nerede bende o şans demeyin!

Şu zor hayatı birlikte göğüsleyebileceğiniz, zamanı birlikte adımlayıp, aynı yolda yürüyebileceğiniz birini bulun. En güzel hayali ortadan ikiye bölüp, yarısını ellerine uzatıp, "Sensiz hiçbir kıymeti yok bunun," diyebileceğiniz birini bulun. Konuşmadan anlaşabileceğiniz, dünyaya onun gözleriyle bakabileceğiniz ve her akşam aynı özlemle sarılabileceğiniz birini bulun. Aynı şeylere gülüp, aynı şeylere ağlayabileceğiniz, yanağından akan tek bir damla gözyaşıyla bile kavrulabileceğiniz birini bulun. Yalnızlık zor ve yükü ağır. Çeken bilir. Gecenin bir yarısında, "Yoruldum artık," diyerek gözyaşını döken bilir. Yani demem o ki; varlığıyla mutlu olup, yokluğunda hazan yaprakları gibi savrulacağınız birini bulun.

Bin şükür...

Yalnızlıkla çevrelenmiş olan şu ömrümün, başımı kaldırıp bakmaya korktuğum şu güvensiz yönümün, yorulmuş gönlümün, kararmış gecelerimin ve kendi halinde geçip giden günlerimin aydınlık bir pencereye ihtiyacı vardı. Kendini zor taşıyan ayaklarımın, yalnızlıkla verdiğim imtihanımın ve hırpalanmış şu sol yanımın sıcacık bir yüreğe ihtiyacı vardı. Yaralarımı tek başıma sararken, acılarımı yalnız yaşarken ve, "Yok mu hiç canıma can olacak?" diyerek kendime bir can yoldaşı ararken, "Bak yanındayım," diyen birine ihtiyacım vardı.

Ah şu gölgemle beraber adımladığım sokakların, yatağın hep yalnız tarafından kalktığım sabahların ve her gece yüzüme bakan şu yorgun duvarların dili olsa da bir konuşsa. Tek başıma ayakta kalabilmek için verdiğim savaşların, uğradığım haksızlıkların, bu uğurda gösterilen uğraşın ve, "Ben bunu hak edecek ne yaptım?" diyerek her gece yanağımda kuruyan sayısız yaşın bir dili olsa da konuşsa. Ne olursa olsun, yine de bin şükür ki yılmadım. Her sabah, "Ha gayret," diyerek yeni güne tekrar başladım. Bin şükür dizlerime bu dermanı ve yüreğime bu imanı verene. Bin şükür, "Bittim," dediğim yerde, "Umut etmek de imandandır," diyene. Her zorlu kışın ardından önüme papatyaları, baharları serene, zifiri karanlıklarımı aydınlık sabahlara çevirene ve içimde kuruttuğum dalları tekrar filizlendirene binlerce kez şükür.

Neden anlamıyorsun?

Bir diptesin belki de. Gören yok mu sanıyorsun?
"Yoruldum artık," diye haykıran bir çığlık var içinde.
Duyan yok mu sanıyorsun?
Her gece boncuk boncuk dökülen o gözyaşlarını,
sayan yok mu sanıyorsun?
Bir imtihandasın ve sınanıyor sabrın. Neden anlamıyorsun?
İster adına, "Üç günlük dünyadır, biter," de,
seni üzenlerin ardından, "İnsandır sonuçta yapar" de,
istersen, "Acım da benim gibi fanidir, geçer," de.
Ama umutsuz olma. İsyankâr olma sakın.
Acına sabır gösterdiğin sürece, inan ki mutluluk yakın.

Ah be sevgili, hani bazen diyorsun ya bana, "Beni olduğum gibi sev. Olmamı istediğin gibi değil," diye. Bilmez misin; benim senin güzel olan hiçbir yanınla problemim yok. Ama öyle huyların var ki, inan bana çekilir gibi değil ki bunu ben değil, sen de itiraf ediyorsun kendine, biliyorum. Bazen ağızından çıkan sözleri, yüreğinde bana karşı hissettiğin duygularınla yan yana getiremiyorum. Bazen öyle anlar yaşıyorum ki seninle, "Bu adam, bir gün önce bana sevgisini ifade eden adamla aynı adam değil kesinlikle," diyorum. İşte böyle zamanlarda sana güvenemiyorum. Sana inanamıyorum. Kalbimi kırdıktan sonra gelen özürlerini kabul edemiyorum. Benim seni yüreğimde koyduğum yerle, benim sendeki yerimi yan yana getiremiyorum. Benim için, fedakârlık yollarından geçmemiş, zorluklarla mücadele etmemiş ve hayatın gerçekleriyle imtihan edilmemiş hiçbir sevgi gerçek değildir. Bu konuyla ilgili bir hikâye anlatacağım sana. Komşumuz olan Nusret Amca ile Sevgi Abla'nın hikâyesini. Şimdi yüreğini aç ve anlatacaklarımı iyi dinle.

NUSRET'İN SEVGİ'Sİ

Yıllar önce Ankara'nın Keçiören ilçesinde yaşarlardı Sevgi Teyze ve Nusret Amca. Sevgi Teyze'm, Nusret Amca'dan on yaş küçüktü. Görücü usulü bir evlilikti onlarınki. Ama ilk görüşte sevmişler birbirlerini. Nusret Amca'nın ikinci eşiydi Sevgi Teyze. İlk hanımını kötü hastalıktan erken yaşta kaybetmiş ve tedavi süreci sebebiyle de çocukları olmamış. Sonra uzun süre evlenmemiş Nusret Amca. Ve gün gelmiş annesinin ısrarlarına dayanamamış ve Sevgi Teyzeye gönlü kaymıştı. Başlarda yaş farkından dolayı kız tarafı bu evliliği reddetse de, Sevgi Teyze'nin, "Bu benim hayatım. Hayatımla ilgili kararları da ben veririm. Ben bu adamla mutlu olacağıma inanıyorum. Bu kararım doğru olsa da, yanlış olsa da sefası da, cefası da benim," diyerek ailesini ikna etmiş. Nusret Amca, ilk kez evleniyor gibi dillere destan bir düğün yapmış ve evlerini de eşinin istediği gibi donatmış. Nusret Amca kendine iyi bakan bir adam. Lüksten kaçınsa da, gezmesinden ve yemesinden asla kesmeyen, yaşına göre çok genç görünen bir adam. Ne sigarası, ne içkisi var. Ne de evini, eşini ihmal edecek kötü bir hayatı var. İnşaat piyasasında aranan bir sıvacı. Kat karşılığı inşaatlarda sıva yapar ve kazandıklarını da iyi değerlendiren bir adam. Sevgi Teyze de tutumlu bir kadın. Hani taştan aş yapar dedikleri kadınlardan.

Yoklukla büyüdüğü için, varlığın kıymetini bilenlerden. Dilinden sabrı ve şükrü hiç düşürmeyenlerden. Kolay yılmayan, yıkılmayan ve en zor zamanlarında inancına yaslanan kadınlardan. Sürekli sorun çıkaranlardan, bahane bulanlardan ve işi yokuşa sürenlerden değil, çözüm odaklı yaşayanlardan. Evim dediği yeri, sevdiğim dediği erkeği sahiplenen ve bu uğurda elinin değdiği yerlere, bire on katanlardan. Her ikisinin de en büyük hayali, bu güzel yuvayı bir bebek sesiyle taçlandırmak. Ama gel gör ki, bir şeyi çok istemenin, onu elde etmek için yeterli olmadığı gerçeğiyle henüz yüzleşmemişlerdi. Hayal ettikleri mutluluk bir türlü gerçekleşmemiş ve Nusret Amca bir türlü sevdiği kadının dudaklarından, "Hamileyim," sözünü duyamamıştı. Ve tüm hayalleri, gittikleri doktorun yaptığı tetkiklerden sonra Nusret Amca'ya dönerek, "Nusret Bey siz Varikosel hastasısınız," demesiyle yıkılmıştı. Sevgi Teyze, eşinin bu rahatsızlığı atlatabilmesi için uygulanan tüm tedavi süreçlerinde ve yapılan cerrahi müdahalelerde onun hep yanında olmuş ve sevgisini hiç esirgememişti. Nusret Amca'nın uykusuz gecelerinde hep yanına sokularak, "Nasip be Nusret. Hakkımızda ne hayırlısıysa o olsun. Biz elimizden geleni yapıyoruz. Gerisi takdir-i İlahi," demişti. Sonraki günleri sayısız tüp bebek girişimleri ve sağdan soldan duyulan tıbbi ve tıp dışı yöntemler izlemişti. Şifa dağıttığı iddia edilen sayısız kişilere, sayısız şehirlere gidilmiş ama bir sonuç alınamamıştı. Sonra mı? Gel istersen sonrasını onlardan dinleyelim...

Yorucu geçen bir umut yolculuğundan sonra Nusret, her zamanki zümrüt yeşili koltuğuna oturdu. Başını iki elinin arasına alarak derin bir nefes aldı. Bir süre salonun tavanını anlamsızca izledikten sonra gür sesiyle mutfaktaki eşine seslendi;

– Sevgi, yanıma gelir misin?

Sevgi, yaptığı kahveleri fincanlara koyduktan sonra, hızlı adımlarla salona eşinin yanına geldi.

– Kahve yaptım Nusret. Hayırdır, beni mi çağırdın sen?

Nusret, eşinin gözlerine uzun uzun baktıktan sonra başını öne doğru eğip şunları söyledi:

– Ben çok yoruldum Sevgi. Bu yolculuklardan, verilen umutlardan ve her deneme sonrası hiçbir şeyin değişmediği gerçeğinden çok yoruldum. Beklemekten yoruldum, hayal etmekten yoruldum. Sen olmasaydın, belki bu kadarına bile katlanamazdım. Ama artık dayanamıyorum. Pes ediyorum artık. Belli ki baba olmak benim nasibimde yokmuş. Değişmeyeceğini bildiğin gerçekleri zorlamak ne kadar doğru Sevgi? Kabul etmemiz gerekenler hakkında ısrar etmek neyi değiştirir ki? Bende umut yok. Ama anne olmak için sen daha çok gençsin. Ve senin bu hayalin benimle mümkün görünmüyor be Sevgi.

Sevgi, eşinden duyduğu bu sözler karşısında önce çok şaşırmış, sonra da eli ayağı titrek bir vaziyette eşine öfkeli gözlerle bakarak;

– Sen ne diyorsun Nusret? Ağızından çıkanları kulağın duyuyor mu senin? Allah'ın vermediği ve nasip etmediği bir şey için ben nasıl olur da seni yarı yolda bırakırım. Ya sen beni tanımamışsın ya da evliliğin ne anlama geldiğini... Ben sana bir söz verdim Nusret. Ve ben, sana o sözü verirken, "Şunlar olursa varım, şunlar olmazsa yokum," diye bir şart getirmedim. Benim mayamda sevdiğini yarı yolda bırakmak yoktur Nusret. Hem daha umut kesmiş de değilim. Ben bu dünyada çok mucize gördüm. İmkânsız görünen şeylerin nasıl mümkün olduğunu, mümkün olanların da, insanlar tarafından nasıl imkânsıza dönüştürüldüğünü gördüm. Her şey inanmakla başlar. Attığın bir adımın seni nereye götüreceğini öğrenmek için, bazen bin kez sabretmen gerekir Nusret. Biz şu an için o adımları atıyoruz. Ama sabretmek noktasında da aynı kararlılığı göstermeliyiz. Bizim seninle bu sabrı göstermek için çok güzel niyetlerimiz ve nedenlerimiz var. Nasıl olacağını da istersen Allah'a bırakalım. Her zaman sen söylemez miydin bana Nusret: "Savaş ne kadar çetin geçerse, zafer de bir o kadar büyük olur," diye. Bu bizim savaşımız. Ve sen şimdi bana, ben er meydanından kaçıyorum diyorsun. Sen bu değilsin Nusret. Şu an karşımda bana bu sözleri söyleyen adam, benim evlendiğim o inançlı adam olamaz.

– Beni dinlemiyorsun sen Sevgi. Rabbim senden bin kere razı olsun. Şu güne kadar boynumu hiç yere indirmedin sen. Hiç kalbimi kırmadın. Bir kez bile olsun o güzel gözlerinden gülümsemeni esirgemedin benden. Sen hep benim, "Çok şükür," dediklerimden oldun. Ama bu konu bambaşka bir konu. Şu an için yaşın anne olmak için uygun. Ama yarın çok geç olacak. Ve bundan yıllar sonra, ben senin gözlerine her baktığımda, benim yüzümden annelik duygusunu hiç tatmamış bir kadın göreceğim. Bunu düşünmeye bile dayanamıyorum şu an. O an geldiğinde içime nasıl bir ağırlık çöker bilemiyorum.

Düşünsene, bir çocuk görsen, bir bebeği sevsen, yolda yürürken bir çocuğa gülerek baksan, yani bir kez bile iç geçirsen derinden, ben bin kere ölürüm be Sevgi. İçinde bir yanın hep eksik olacak ve bu eksikliği bana olan sevginle kapatacağını sanıyorsun. Dünyada hiçbir sevgi, bir annenin evladına olan sevgisinin üzerinde değildir. Şu dünyadaki her kadın, bir gün anne olmak özlemiyle yaşar. Bu hayatın doğasında var. Bu duygu kadınların yaradılışında var Sevgi. Şu dünyadaki en kutsal duygu olan annelik duygusunu senden çalamam.

Sevgi gözlerinden akan yaşı bile silmeden öfkeyle yerinden doğrularak;

– Bırak da buna ben karar vereyim Nusret. Her şey yolunda giderken hayatımızda ve biz hepsine "çok şükür" derken, başımıza gelen bir musibetten dolayı mı, "ya sabır," demeyeceğiz. Rabbim bize fazlasıyla verirken mutlu olacağız da, bir çocuk nasip etmedi diye mi O'na isyan edeceğiz. Söylesene Nusret; neyin hayırlı ve neyin hayırsız olduğunu bizi yaratan mı bilecek, yoksa biz mi bileceğiz? Bunun için mi bu güzelim birlikteliği bitireceğiz? Daha geçen gün okudum sana Hz. İshak peygamberimizin doğum hikâyesini. Hz. Sare annemizin kaç yaşında anne olduğunu duyunca, "Rabbim çok büyük" diyen sen değil miydin? Sen değil miydin Nusret "O'nun hikmetinden sual olunmaz," diyen. İçindeki imanını, başımıza gelen bu imtihana satma gözünü seveyim. "Seni sevmiyorum, seni istemiyorum," dersen anlarım ve inan bir saniye bile durmam yanında çeker giderim. Ama bu sebepten dolayı senden ve bizden gitmem Nusret. Gitmem. Beni anlıyor musun?

Nusret yerinden yavaşça doğrularak, eşinin öfkeli gözlerinin derinlerine baktı bir süre. Sonra yanağından süzülen gözyaşlarını silerek;

– Sevgi, sevgilim, eşim, yol ve hayat arkadaşım. Sana olan sevgimdendir senin anne olmanı istemem. Senin mutluluğun içindir bu sözlerimin sebebi. Sen benden, bahara durmuş yüreğine ve hayallerine ölü topraklar atmamı istiyorsun. Ben senin umutlarını öldürmek istemiyorum. Ama sen hâlâ tozpembe hayaller kuruyorsun benim üzerime. Yapma bunu Sevgi. Şu an gerçekçi ve mantıklı olmamız gereken zamanlar. Sana şu dünyada verebileceğim her şeyi verebilirim. Hepsini ayaklarının altına serebilirim. Ama sana umut veremiyorum. Düştüğüm dipsiz kuyuların karanlığını tahmin bile edemezsin. Ben bu kuyudan nasıl çıkarım Sevgi. Söylesene nasıl?

Sevgi, eşinin başını avuçlarının içine alıp gözlerini gözlerine sabitledi:

– Hiçbir yere gitmiyorum adam. Ben kendi hayalleri için sevdiğini yalnız bırakacak kadınlardan değilim. Sebebi sen değilsin bu olumsuz durumun. İşte bu yüzden de, bitireni ben olmayacağım bu evliliği. Rabbimin verdiğine de, vermediğine de ya razı olacağız ya da bu imtihanın kaybedenleri olarak hatırlanacağız. Şu dünyada çocuğu olmayan ne ilk çiftiz biz, ne de son olacağız. Çok istiyorsan sen çekip git. Ama ben senden gitmiyorum Nusret.

Sevgi bir hışımla salonu terk ederken, Nusret bir süre daha eşinin arkasından baktı. Sonra tekrar koltuğuna oturarak, göz pınarlarında zorla tuttuğu yaşları yavaşça yanaklarına bıraktı.

İlerleyen günlerde ne git diyebildi eşine Nusret ne de kendisi bir yere gidebildi. Ama bir türlü aşamadı, her gün içini kemiren bu sorunu. Kabullenemedi bir türlü. İnancının, imanının, inandıklarının ve savunduğu doğrularının çok gerisine düştü. Eve geç gelmeler, eşini ihmal etmeler ve uykusuz geceler başladı. Sevgi hepsine sabırla dayandı. Anne olma hayalinin çok ötesinde yeni sorunlar baş göstermişti hayatında. Günden güne sevdiği adamı kaybediyordu. Eşini düştüğü o dipsiz kuyudan çıkarmak için ne kadar mücadele ederse etsin bir sonuç alamıyordu. Dualarına sığınıyor ve Rabbinden sürekli olarak aynı şeyi diliyordu: "Allah'ım beni sevdiklerimle imtihan etme. Yeni mutluluklar isterken Senden, eski günlerimi arar oldum ben. Çok istediğimden mi, yoksa çok sevdiğimden mi bilmiyorum ama nerede haddimi aştıysam beni bağışla. Bana küçük de olsa bir mucize nasip et. Düştüğüm şu karanlıktan çıkmak için küçük de olsa bir ışık nasip et. Lütfen Allah'ım... "

Nusret her kahvaltı sonrası evinden çıkıyor ve akşam olunca eve geliyordu. Neredeyse bunu artık alışkanlık haline getirmişti. Bu süre içerisinde çalışmak için eski gücünü kendinde bulamıyor ve bu yüzden işlerini de ihmal ediyordu. Ama bu zorlu süreçte evin ihtiyaçlarını karşılamayı asla bırakmamıştı. Her akşam yine eşinin istediklerini alıyor ve evin geçimini sağlıyordu. Sevgi Hanım, eşinin kendisini sevdiğinden bir gün bile şüphe etmemişti. Her ne kadar bazı günler ve geceler gizli gizli hıçkırıklara boğulsa da, her akşam eşini kapıda gördüğünde umudu tekrar tazeleniyor ve içinden, "Bu günler de geçecek Sevgi. Sabret biraz daha," diyordu. Zaten bu umudu olmasa nasıl dayanabilirdi ki bu yalnızlığa. Her evliliğin inişli ve çıkışlı günleri olurdu elbet. Onların sevgisi ve evliliği de böyle zorlu bir imtihanla sınanıyordu. Eski günlerini o kadar çok özlüyordu ki, o günlere dönmek için her şeyi yapabilirdi. Ama şu an için dua etmekten başka elinden başka bir şey gelmiyordu.

Haziran güneşi Ankara kaldırımlarını gün boyu kavurmuş ve yerini akşam serinliğine bırakmıştı. Ankara'nın kalbi Kızılay'da, insan kalabalıkları kaldırımları çoktan doldurmuştu.

Kimisi işten çıkmış eve gitme derdiyle Güven Park'ındaki dolmuş duraklarına doğru koşuşturuyor, kimisi arkadaşıyla bir akşam kahvesi içmek için Sakarya Caddesi istikametine ilerliyor, kimisi de bakanlıklar yönüne doğru aşağıdan yukarıya turluyordu. Nusret ise, bu kalabalıklar arasında sanki kaybolmak istercesine ağır adımlarla amaçsızca yürüyordu. Ara sıra dikkatsizce vitrinlere, ara sıra da yanından geçen insanların yüzlerine anlamsızca bakıyordu. Kalabalığın arasında, Ziya Gökalp Caddesi'nden Sakarya Caddesi'ne nedensizce döndüğünde hava henüz kararmamıştı. Akıntıya kapılmış kuru bir yaprak gibi oradan oraya sürükleniyordu âdeta. Ruhu bedenine uzun zamandır fazlasıyla ağır geliyordu. Ayaklarının yorgun bedenini ve ruhunu daha fazla taşıyamayacağını anladığı anda, bir çay bahçesine girdi. Garsona bir çay söyledikten sonra, oturduğu yerden önünden geçen insanları izlemeye başladı. Gülümseyen yüzlere baktı uzun uzun. "Bu insanların hiç mi derdi yok acaba?" diye düşündü. Sonra, "Dertsiz insan var mı ki?" diye kendi sorusunu cevapladı içinden. "Peki, nasıl dayanıyorlar?" diyerek sorusunu yeniledi. Soru ve cevaplar ardı adına geliyordu. Geç kalan çayı hatırlatmak için arkasını dönüp garsonu uyardı. Bu arada arka masada oturan, yaşı atmışa yakın bir adamla göz göze geldi o an. Bir gözü görmeyen ve masada kendisi gibi tek başına oturan adamın kendisine tebessüm ettiğini fark etti. "Acaba tanıdık mı?" diyerek, bu yorgun ve yaşlı yüzü kısa bir süre inceledi. Ama bu yüzü daha önceden hiç görmemişti. Sonra gözlerini bu yorgun yüzden kaçırarak tekrar dikkatini yoldan geçen insanlara verdi. Kısa bir süre sonra garson elinde çayla geldiğinde, başını tekrar arkasına doğru çevirdi. Bu yabancı yüzü, gülümsemesiyle yine kendisine bakarken buldu. Kısa bir süre daha bu gülen surata baktı. Hafifçe tebessüm ederek başını tekrar çevirdi. Çayından tam bir yudum alacakken arkasından yükselen kalın ve tok bir sesle irkildi.

– Sizi rahatsız etmek istemem. Biraz konuşabilir miyiz acaba?

Nusret, hemen yanında beliren adama şaşkınlıkla baktı. Sonra kendisini toparlayarak;

– Sizi tanıyor muyum?

– Hayır. Ne ben sizi tanıyorum ne de siz beni.

Nusret kaşlarını çattı:

– O zaman konuşmaya gerek yok.

Adam biraz daha ısrar edici bir ses tonuyla yanıt verdi:

– Rica ediyorum. Bana kısacık bir zaman dilimi ayırırsanız çok mutlu olurum. Sizden bir şey istemeyeceğim. Sakın beni yanlış anlamayın. Sadece biraz konuşmak niyetim.

Nusret'in canı sıkılmıştı:

– Şu an için sohbet edecek bir durumda değilim. Yeni bir arkadaş da istemiyorum. Bir çay içip sonra gitmek istiyorum. Tabii izin verirseniz.

Adam bu olumsuz cevap karşısında bir adım geri çekildi:

– Bu hafta içinde ciddi bir ameliyat olacağım. Masadan kalkamama ihtimalim yüksek. Arkadaşlarımı çağırmıştım konuşmak ve biraz olsun üzerimdeki stresi atmak için ama gelmediler. Sizi de yalnız görünce, belki sohbet eder benimle diye düşünmüştüm. Kusura bakmayın. Rahatsız ettim sizi. İyi akşamlar diliyorum size.

Adam masasına dönüp hesabı ödedikten sonra aksayan adımlarla çıkış kapısına doğru yöneldi. Nusret'in vicdanı rahat etmemişti. Göğsünün üzerine kocaman bir fil oturmuştu sanki. Neden bu kadar rahatsız hissetmişti ki kendini? Başka bir zaman olsa bu duruma bu kadar içerlemezdi. Ama ayağını sürükleyerek giden adamın bu görüntüsü Nusret'i çok etkilemişti. Vicdanının sesine daha fazla dayanamayıp hızla yerinden kalkarak adamın kolundan tuttu:

– Az önceki tavrım için lütfen kusura bakmayın. Benim de kafam pek yerinde değil. Teklifiniz hâlâ geçerliyse buyurun birer çay eşliğinde sohbet edelim. Sizi dinlemek isterim.

Adam'ın hüzünlü gözleri bir anda ışıl ışıl oldu. Tombul yanaklarına ve sigaradan sararmış beyaz bıyıklarının kapattığı dudaklarına bir tebessüm hâkim oldu. Başını evet anlamında hafifçe sallayarak nefes nefese sandalyeye oturdu. Elini kolunu nereye koyacağını bilemez bir çocuk edasıyla Nusret'e baktı. Nusret, garsona iki çay daha işaret ettikten sonra kendisine gülen gözlerle bakan adama doğru döndü:Benim adım Nusret. Sizi tanıyabilir miyim? Nedir benimle konuşmak istediğiniz şey?

Adam derin bir nefes aldıktan sonra ellerini masanın üzerinde birleştirdi:

– Benim adım da Selim. Tekrar teşekkür ederim ilginiz için. Söze nereden başlasam bilemiyorum. Fazla da vaktinizi almak istemiyorum. Belki akşam evinizde sizi bekleyen eşiniz çocuklarınız vardır.

Bu ifadeden sonra Nusret'in gözleri buğulandı ve başı yavaşça yere düştü. Sonra kendisini toparladı:

– Rahat olun lütfen. Zamanım var. Sizi dinliyorum.

Selim, kısa bir süre sessiz kaldıktan sonra garsonun getirdiği çaydan bir yudum aldıktan sonra,

– Şu gördüğün sokaklar var ya Nusret Bey, işte ömrümün bir yarısı buralarda geçti. Kısa bir süre Orman Genel Müdürlüğünde çalıştığım için bana buralarda Ormancı diye hitap ederler. Gerçek adımı birçok insan bilmez. Dört yıl çalıştığım kurumdan alkol bağımlısı olduktan sonra atıldım. Annem ve ablamla yaşıyordum. Babam ben küçükken vefat etmiş. Yüzünü sadece resimlerden tanırım. Anneciğim, babamla birlikte yüreğinin de yarısını toprağa gömmüş. Hayata küsmüş senin anlayacağın. Benim alkol sorunu da binince üzerine, yaşama sevincinin yarısını da bende kaybetmiş. Sonrasında ne beni hatırlamış, ne de çevresindekileri. Sadece nefes alan bir beden olmuş yeryüzünde. Yıllar önce ablam beni evden kovduğunda ve bavulumu camdan dışarıya attığında, annemin gözlerinden süzülen o iki damla yaş hiç çıkmaz aklımdan. O günden bu yana benim için anne demek, iki damla yaş demektir. Sanırım ben de yüreğimin tamamını o iki damla yaşa kurban ettim. Sonrasında hiçbir yere sığamadım. Hiçbir insana tutunamadım. Şu gördüğün kaldırımlar haricinde evim yurdum ve şu kaldırımda yürüyen yabancı insanlar dışında çevrem olmadı. Şu kaldırımlarda tek başıma uyurken geceleri, bir ölümü bekledim, bir de "affettim seni oğlum" diyerek bana kollarını açan annemi. İkisi de gelmedi. Hiç kimseye bir zararım olmadı. Çalmadım, benim olmayan hiçbir şeye elimi uzatmadım. İnsanların ve esnafın yardımıyla yaşadım. Sol gözümü şekerden, böbreklerimi soğuktan kaybettim. İki kez kalp krizi geçirdim. Ama Rabbim almadı beni yanına. Ölmedim, ölemedim. Aşağıdaki simitçi kahvaltımı verir, şu yukarıdaki pideci de akşam yemeğimi. Hepsinden Allah bin kere razı olsun.

Nusret meraklı gözlerle araya girdi:

– Ya alkol bağımlılığınız? Devam ediyor mu?

Selim, hafif bir tebessümle karşılık verdi bu soruya:

– Annemin gözlerinden akan o iki damla yaşı gördüğümde bıraktım alkolü. Bir daha da dudaklarıma sürmedim.

– Peki, neden bir işe girip çalışmadınız? Neden kendinize bir yuva kurmadınız? Neden sokaklarda yaşamayı seçtiniz?

Selim, çayından bir yudum daha aldı. Gözlerini masa örtüsündeki sigara yanığına sabitlemişti.

Bu soru bana çok soruldu. Aslında bu soruyu ben de kendime çok sordum. Ne insanlara bir cevap verebildim ne de kendime bir açıklama yapabildim. Sanırım ben fazla duygusal bir adamım. Hassas dengeler üzerine kurulu bir iç dünyam var. Hayat bazı insanlara, en çok ihtiyaç duydukları zamanlarda güzellikler sunma noktasında fazlasıyla bencil davranıyor. Ya da artık bir önemi kalmadığında kapıyı çalıyor. Öyle bir an geliyor ki, işte o insanlar bir kez kırılınca bir daha toparlayamıyorlar. Bilemiyorum, belki de toparlanmak istemiyorlar. Hayat o insanların üzerine bir avuç toprak atıyorsa, onlar da üzerlerini fazlasıyla kapatıyorlar. Hayata fena halde küsüyorlar. Beni anlıyor musun?

Nusret, gözlerini Selim'in yorgun yüzünden hiç ayırmadan bu soruya içtenlikle cevap verdi:

– Hem de çok iyi anlıyorum seni dostum. İnan bana, kelimesi kelimesine çok iyi anlıyorum.

Selim, Nusret'in bu cevabından daha da güç alarak devam etti hikâyesini anlatmaya:

– Ben böyle bir noktaya geldiğim zaman her şeye sırtımı döndüm. Ne çalışacak bir iş aradım, ne sevebileceğim bir kadın. Ne de şu yeryüzü üzerinde bir umut. Sonra bu düşüncem hayat tarzıma dönüştü. Hayat tarzım duygularımı, duygularım ise beklentilerimi etkiledi. Buz gibi bir yürek ve ağır bir bedenle yaşamaya başladım. Adına yaşamak denirse tabii.

Nusret, soğuyan çayından bir yudum daha alıp şöyle sordu:

– Peki, ne ameliyatı olacaksın?

Selim gülerek karşılık verdi:

– Doktorlar kalbime giden damarlarımın çoğunun tıkalı olduğunu söylüyorlar. Üçüncü bir kriz beni öldürürmüş. Sanki çok da umurumda. Ama Sadık Bey'e bir söz verdim. O güzel insanın hatırına bu ameliyatı olacağım.

Nusret meraklandı:

– Sadık Bey kim?

Selim işaret parmağıyla karşıdaki iş hanını göstererek;

– Sadık Bey o binanın sahibi. Üç yıl önce bir gece yarısı tanıştık kendisiyle. Ben sıcak olduğu için o binanın otoparkında uyurum kış geceleri. O gecelerin birinde, üç tinerci Sadık Bey'i köşeye sıkıştırmışlardı. Ben yardıma koşana kadar elinden ve bacağından yaralamışlar. Bakma şu düşkün halime sen. Bu halimle bile iki tanesini fena benzetmiştim. Tabii onların kafalarının kıyak olması da avantajımaydı. Neyse, o geceden sonra Sadık Bey'le dost olduk. Beni ne zaman görse, "Sana bir can borcum var Ormancı," der. Bana olan borcunu ödemek için tüm sağlık giderlerimi karşılar. Her seferinde de hiç üşenmez benimle birlikte gelir. Ama oğulları benden pek hazetmezler. Berduş olduğum için değil. O gece babalarını ölümden kurtardığım için bence. Anladın mı ne demek istediğimi?

Selim yine güldü:

– Ben de ona derim ki hep; bana iyilik yapmıyorsunuz Sadık Bey. Borcunuzu ödemek istiyorsanız bırakın öleyim. Ama dinlemez beni. Ben de kırmak istemem yaşına hürmeten. Güzel adam Sadık Bey.

Nusret araya girdi:

– Bak, dünya üzerinde sağlam bir dostun varmış işte.

– Evet, onun yeri ayrı bende. Ama onun şu an ki durumu benden daha kötü sayılır. Bir yıldır kanser tedavisi görüyor. Binanın güvenliğiyle bir kez ziyaretine gittim. Sonrasında oğulları kabul etmedi beni eve. Güvenlik görevlisinden hasta olduğumu öğrenince, tedavi olmam için rica etmiş yine. Kıramadım. Bir kez daha görmeyi çok isterdim dostumu. Özlediklerim hep uzağıma düştüler.

Nusret, Selim'in dolan gözlerine ve yere düşen başına bir süre baktıktan sonra elini omuzuna koydu:

– Böyle güzel insanları hiç de tanımayabilirdin be Ormancı. Şu hayatta hiçbir şey tesadüf değildir. Beni senin karşına çıkaran kudret, senin karşına da güzel bir insanı çıkarmış. İyi bir adamsın ki sen, Rabbim onu sana yardım etsin diye yollamış. O gece tinercilerden onu korumak için seni yolladığı gibi.

Selim, başını yavaşça kaldırarak nemli gözlerle Nusret'e baktı:

– Sen de güzel insansın. Senin gözlerinde Sadık Bey'in gözlerini görüyorum. Aynı bakışlar bunlar. Bakışlar aynıysa, yüreklerde aynıdır diye düşünüyorum.

Selim derin bir nefes alarak ve gökyüzüne bakıp hafice gülümsedi:

– Bu seneyi çıkarabileceğimi sanmıyorum. Ama nedendir bilmem, korkmuyorum ölümden. Ölüm benim için temizliktir. Arınmaktır. Tek korkum ölememek ve hastane köşelerinde sürünmek.

– Belki bana inanmayacaksın Ormancı ama bu aralar aynı duygu ve düşünceler bende de var. Özellikle geceleri karmakarışık düşüncelere dalıyorum. Rüyalarımda küçük bir çocuğun mezarımın başında ağladığını görüyorum. Çoğu bu rüyayı hayra yoruyor ama ben nedense öyle hissetmiyorum.

Selim meraklı gözlerle Nusret'e baktı:

– Eşin, çoluk çocuğun var mı dostum?

– Evet, dünya tatlısı bir eşim var. Ama Rabbim bir çocuk nasip etmedi bize.

Selim, Nusret'in omuzuna elini koyarak şöyle söyledi:

– Yaşamak için güzel bir nedenin var dostum. Yorulduğun zamanlarda seni anlayacak, nefesinin kesildiği zamanlarda yanında olacak ve şu dünyanın yükünü seninle birlikte omuzlayacak bir kadından daha büyük bir nimet var mıdır ki? Yüreği güzel ve seni seven bir kadın dünyadaki cennetindir. Çoğu kıymetini bilmez ama eminim ki sen biliyorsundur eşinin kıymetini. Şu sokaklarda neler gördüm neler... Ne hikâyeler dinledim ve ne olaylara şahit oldum. Öğrendiğim bir gerçek var ki; karısının kıymetini bilmeyenin, ayağı ve gözü dışarıda olanın içine huzur uğramıyor. Burnunun ucundaki mutluluğu hep uzaklarda arıyor. İyi yürekli ve sevgi dolu bir kadının ahı dudakta kalmıyor. Onu üzenlere dünyada cehennemi yaşatıyor. Beni şaşırtan ise güzel dostum, bu kadınların ahını alan erkekler, kendilerini gölge gibi takip eden tüm bu olumsuzlukların nedeni için, "Şu yaşadıklarım, beni seven bir kadını yüzüstü bıraktığım için başıma geliyor," demiyorlar. Gözyaşları üzerlerine bir dünya kurmaya çalışıyorlar. Ve her seferinde battıkça batıyorlar.

Nusret, bir yandan Selim'in bu anlattıklarını soluksuz dinlerken, bir yandan da dolan gözlerini saklamaya çalışıyordu. Fakat o kızaran gözler Selim'in dikkatinden kaçmamıştı. Ama Nusret'in üzerine gitmek istemedi. Belli ki kanayan bir yaraya dokunmuştu istemeden. Nusret'in titreyen dudaklarını görmemezlikten gelerek;

– Bana artık müsaade dostum. Vakit geç oldu. Her şey için sana çok teşekkür ederim. Bana nasıl iyi geldin bilemezsin. Şu garibi sevindirdin, Allah da seni sevindirsin inşallah. Şu dünyada neyi çok bekliyor ve istiyorsan Rabbim tez zamanda onu sana nasip etsin.

Nusret kendini toparlayarak Selim'e uzun uzun baktı. Sonra:- Hani demiş ya şair, "Bir garibin yanına sokul sessizce. Asıl hikâye orada," diye. Asıl ben teşekkür ederim sana. Bana neler kattın, neler öğrettin bilemezsin. Dedim ya sana, hayatta hiçbir şey tesadüf değildir diye. Seni bana gönderene sonsuz şükürler olsun. Beni buna layık gördüğü için de ayrıca binlerce şükürler olsun. Sana şimdiden acil şifalar diliyorum Ormancı. Umarım bundan sonra her şey gönlünce olur. Bana ettiğin o güzel duaya da binlerce kez amin diyorum. Aynı duayı senin için de diliyorum.

Selim yine ağır adımlarla ayrılırken Nusret'in yanından, son bir kez daha arkasına dönerek arkadaşının gözlerine tatlı bir tebessüm bıraktı. Nusret, saatler önce bu masaya oturan Nusret değildi artık. Başını öne eğerek ve gözlerini kapatarak içinden sürekli şu sözleri tekrarlıyordu. "Affet beni Allah'ım. Ben kimim de senin verdiğin imtihana isyan ediyorum. İmtihanı bu kadar zor kulların varken, ben kim oluyorum da kaderimi beğenmiyorum. Affet beni. Affet beni. Ne olur affet beni... "

Eve geldiğinde, ona kapıyı güleryüzle açan hayat arkadaşına sımsıkı sarıldı. Bu sarılma, Nusret'in hıçkırarak ağlaması dinene kadar sürdü. Sevgi, eşinin koluna girerek onu koltuğa oturttu. Eşinin titreyen dudaklarına ve yaşlı gözlerine baktı:

– Nusret, hayırdır? Kötü bir şey mi oldu? Nedir bu halin?

Nusret gözlerini Sevgi'nin gözlerinden hiç ayırmadan şöyle söyledi:

– Özür dilerim senden Sevgi. Seni üzdüğüm için, seni ihmal ettiğim için ve sana sırt döndüğüm için binlerce kez özür dilerim. Ben önce Allah'a, sonra da sana isyan ettim.

Sevgi, eşinin ellerini sımsıkı tuttu:

– Dışarıda her ne yaşadın, ne geldi başına bilmiyorum ama bunu görebilecek ve idrak edecek bir inancın olduğu için bile Allah affeder seni Nusret. Bana gelince, sen benim erimsin, evimsin. Evimin direğisin. Hangimiz bazı zamanlarda bildiklerimize ve inandıklarımıza ters düşmüyoruz ki. Önemli olan, tez zamanda bunun farkına varabilmek. O karanlıklar içinde doğru yolu tekrar bulabilmek. Pes etmek ve vazgeçmek çok kolay Nusret. En güzeli sabırla ve şükürle ayakta dimdik durabilmek. Ben şu anı yaşamak için o kadar çok dua ettim ki Nusret, o kadar çok istedim ki senin bir an önce geri bana dönmeni...

Sevgi başını eşinin omuzuna usulca bırakıp ağlarken, Nusret eşinin gözyaşlarını sildi. Saçlarını okşadı:

– Özür dilerim Sevgi. Affet beni. Sana söz veriyorum ki, bir daha asla böyle bir ayrılık yaşamayacağız seninle.

Sabahın ilk ışıkları, birbirine sarılmış bir şekilde yatan çiftin üzerine vururken, Nusret omuzunda huzur içinde uyuyan eşinin alnına küçük bir öpücük bıraktı. Ormancı'yla konuştuklarını düşündü uzun uzun. Yaşadıklarını Sevgi'ye anlatmayı düşünmüyordu. Sonuçta kendisine iyi gelen güzel bir nedeni vardı. Böyle sevgi dolu bir yürek kollarında uyurken, nasıl olsa adına dünya dedikleri bu yerde her şeye katlanabilirdi.

Şu mutlu geçen günler Nusret ve Sevgi için ikinci balayı gibiydi. Hafta sonu dışarıda yapılan kahvaltıları, kahkahalar içinde yenen akşam yemeklerini ve gelecek için kurulan hayalleri, ne de çok özlemişlerdi. Yine birlikte yenen güzel bir akşam yemeği sırasında Nusret eşinin gözlerinin içine bakarak şöyle sordu:

– Gidelim mi buralardan Sevgi?

Sevgi şaşırmıştı:

– Nereye Nusret?

– Hani sen bana hep diyordun ya, "Köyümü özledim Nusret," diye. Diyorum ki, şöyle ayaklarımızın toprağa değeceği bir yeri yurt edinelim. Çok büyük olmasına gerek yok. Küçük şirin bir bahçemiz, yemyeşil çimlerimiz olsun. Sen hamakta sallan akşamları, ben de sana mangal yapayım. Birkaç tavuk, minik bir köpeğimiz ve meyve ağaçlarımız olsun. İki oda bir salon yeter bize. Senin istediğin gibi yaparım ben evimizi. Çok şükür elimden gelir her şey. Hiç ustaya ve masrafa gerek yok. Bahçesine küçük bir tandır da yaparım. Ekmeklerimizi birlikte orada pişiririz. Her renkten ve türden çiçek yetiştiririz. Ne dersin Sevgi?

Bu haber karşısında Sevgi'nin gözlerinin içi parlıyordu âdeta. Eşinin ellerinden tutarak yanıt verdi:

– Bu benim hayalim Nusret. Sen yanımda olduktan sonra her yerde yaşarım ben. Ama bu, bu muhteşem olur ikimiz içinde. Tıkılıp kaldık şu apartman dairesine. Hem çeşit çeşit turşular kurarım ben sana. Tüm kışlık yiyeceklerimizi o şirin bahçede yetiştirir ve hazırlarım. Ben şimdiden çocuk gibi heyecanlandım Nusret. Ne zaman yapabiliriz peki?

Nusret tebessüm etti:

– En geç bahar sonu yeni evimizde oluruz inşallah.

Sevgi, yerinden kalktı ve eşine sımsıkı sarıldı.

– Seni seviyorum be adam.

Aradan geçip giden birkaç ay içerisinde Sevgi ve Nusret, neredeyse her gece ve her sabah, inşa edecekleri bu küçük evin ayrıntıları hakkında konuştular. Bu hayalleri, artık bir hayalin ötesine geçmiş ve Nusret evleri için arsa arayışlarına bile başlamıştı. Yine bir sabah, telefonundan satılık arsa ilanlarına bakarken içerden gelen ağlama sesiyle irkildi. Telefonunu bir kenara atıp hızla yatak odasına girdi. Sevgi'nin, gözyaşları içerisinde kalmış gülen gözlerine anlamsızca baktı:

– Sevgi, ne bu halin? Hayırdır, niye ağlıyorsun?

Sevgi yataktan hızla kalkarak eşinin boynuna sıkıca sarıldı. Bir yandan hıçkırıklar içerisinde ağlarken, bir yandan da eşine bir şeyler anlatmaya çalışıyordu nefes nefese. Nusret, eşinin sakinleşmesini bekledi bir süre. Sevginin hıçkırıkları azalınca sordu:

– Sevgi neler oluyor? Sakinleş ve bana ne olduğunu anlat artık lütfen?

Sevgi nefes nefese elindeki gebelik testini göstererek;

– Nusret, bu şey senin baba olacağını söylüyor.

Nusret şaşkınlık içinde, bir eşinin yüzüne, bir gebelik kitine bakarak,

– Baba mı olacağım? Ama bu nasıl mümkün olabilir ki?

Sevgi, eşinin şaşkın ve donuk bedenine heyecanla sarıldı:

– Rabbim için mümkün olmayan bir şey var mı ki Nusret? O bize bir evlat nasip edecek inşallah. Ama kan testi yaptırıp kesin neticeyi almamız gerek. Emin olmak için on gündür bekliyordum Nusret. Hamile olduğumu hissediyorum.

Nusret'in gözlerinden akan iki damla gözyaşına, titreyen dudakları şu sözlerle eşlik etti:

– Daha dün, Cuma hutbesinde anlatılanlar geldi aklıma Sevgi. Musa Hoca, gözlerime bakarak Hz. İbrahim'in eşi Hz. Sare annemizi anlattı. Yıllarca bir çocuk aşkıyla yanıp tutuşan Sare annemizi. Çocuğu olmayınca, babalık hayalini gerçekleştirsin diye sevdiği adamı başka bir kadınla evlendiren Hz. Sare'yi. Fedakârlığın, özverinin ve gerçek sevginin sembolü olan Hz. Sare'yi. Tüm bu fedakârlıkları ve gösterdiği sabrı karşısında melekler tarafından o müjdeli haber kendisine ulaştırılan Hz. Sare'yi. Allah tarafından Hz. İshak peygamberimizle ödüllendirilen Hz. Sare'yi. Biz, içten ve samimi bir ihlasla edilen duaların geri çevrilmeyeceğine ve bir gün kabul olacağı inancı taşıyan insanlarız. Evet, belki kısa bir dönem inancıma ters düşen zamanlarım oldu. Ama bin şükür ki, isyankâr olmadım Sevgi. Küfre ve inkâra düşmedim. Allah'ın verdiğine de, vermediğine de şükür ettim. Hayırların sadece O'ndan geleceğine iman ettim.

Sevgi, eşinin boncuk boncuk akan gözyaşlarını yanağından sildi:

– Sen bana çok iyi bir eş oldun Nusret. Eminim ki, çok da iyi baba olacak senden. Yüzünde şu mutluluğu görmek bile her şeye değer. Şu anı seninle birlikte yaşamaya bile değer. Hayatta bir şeyi çok istemekten hep korkmuşumdur. Hani derler ya, "Neyi çok istersen, o senin imtihanın olur," diye, işte bu yüzden sadece hayırlısını istedim ben Allah'tan. Ve şu an bile, yine aynı duayı ediyorum. "Hakkımızda hayırlısı olsun," diyorum.

Nusret, eşini sıkıca kucaklayarak ve onu öpücüklere boğup haykırarak;

– Ben hâlâ inanamıyorum. Rüya gibi sanki şu yaşadıklarım. Şimdi ben baba mı oluyorum Sevgi?

Sevgi, çocuk gibi dizine yatan eşinin saçlarıyla oynayarak;

– İnşallah Nusret. İnşallah.

Hiç kıpırdamadan saatlerce bu şekilde kaldılar. Şimdiye kadar, bebekle ilgili hayal ettikleri ama bir türlü birbiriyle paylaşamadıkları hayallerini birbirine açtılar. Hatta hemen arkasından bir çocuk daha yapmayı da kararlaştırdılar. Bebekle ilgili her ayrıntıyı saatlerce konuştular. Çünkü bunları konuşmak bile onları çok mutlu ediyordu. Yıllarca arkadaşlarından dinledikleri ve özlemini çektikleri sohbetleri, artık kendi bebekleri için konuşuyorlardı. Bu bile kendi içinde büyük bir mucizeydi onlar için. Ve mucizeler, sadece ona inananların, umut etmekten vazgeçmeyenlerin ve sabırla bekleyenlerin kapısını çalardı.

Zaman hızla akıp giderken, daha şimdiden hazırlıklar yapılmaya başlanmıştı. Sevgi'nin büyüyen karnıyla birlikte, Nusret'in eşine olan ilgisi de günden güne artmaktaydı. Evin birçok sorumluluğunu tek başına üstlenmişti. Eşinin sağlıklı beslenebilmesi ve hamilelik döneminin sağlıklı atlatılabilmesi için araştırmalar yapıyor, kitaplar ve internetten makaleler okuyordu. Ve hatta Nusret, çocuğun cinsiyetinin erkek olduğunu öğrendikleri günün akşamında, bebek odasını boyamak için eline fırçayı aldığında, Sevgi dayanamamış ve, "Nusret doğuma daha aylar var. Nedir bu acelen kurban olduğum?" diyerek, eşiyle küçük bir tartışma bile yaşamış ve fırçayı elinden güçlükle almıştı. Ama her sabah kocasının yüzünde gördüğü mutluluk, her gece uyurken gözlerinde beliren o huzur tarifsizdi. Sevgi bu tabloyu her gördüğünde binlerce kez şükür ediyor ve dualarını, "İsteyip de sahip olamayan herkese bu mutluluğu nasip et Allah'ım," diyerek bitiriyordu. Daha çocuk doğmadan eve getirdiği bereket ve hissettirdiği sevinç evin her yerine buram buram yayılmıştı. Köy evi hayali, şimdilik ertelenmişti. Ama son zamanlarda Sevgi'nin dikkatinden kaçmayan başka bir konu vardı. Nusret'in verdiği kilolar gözünden kaçmamış ve bunu birkaç kez de eşine dile getirmişti. Nusret ise bu konuyu, "Ben sevinçten ne yediğimi, ne yaptığımı biliyor muyum Sevgi? Heyecan bünyeme yaramadı sanırım," diyerek geçiştiriyordu. Bir sağlık kontrolü yapılması konusunda ne kadar ısrar etse de, Nusret bunu inatla reddediyordu. En sonunda kilo kaybına halsizlik de eşlik edince, en azından bir kan testi yaptırması konusunda eşini zorla ikna etmişti. O gün kan alınırken, eşinin iğneden korktuğunu görünce kahkahalar atmış ve hastaneye neden gelmek istemediğini anlamıştı. Nusret ise bu gerçeği sonuna kadar reddetmişti. Ertesi gün Nusret, sonuçları almaya ve doktorla görüşmeye eşini yormamak için tek başına gitmişti. Doktorun odasına girene kadar da, tüm bu süreçler için eşine söylenmişti. Doktorun birkaç kan testi daha ve akciğer tomografisi istemesiyle de bu homurdanışı içten içe artmıştı. Akşam eve asık suratla gelince, Sevgi merak içinde olup biteni sormuş ve, "Ben biliyordum böyle olacağını. Bir günde bitmiyor işte. Bir sürü tetkik daha istediler benden. İşte bu yüzden gitmek istemiyorum hastaneye," diyerek mutsuzluğunu dile getirmişti. Sevgi ise, her zamanki sabırlı duruşuyla eşini motive etmeye çalışmış ve en fazla üç gün sürer diyerek onu cesaretlendirmişti.

Hayatımızda hiç unutamadığımız, unutamayacağımız anlar vardır. Bazıları yüzümüzde tatlı bir gülümseme bırakır, bazıları içimize koca bir yangın. Bazen hayat küçük oyunlar değil, büyük oyunlar oynar. Bazen insanları bir anda zirvelere taşır, bazen ise keşke hiç görmeseydim, keşke şu anı hiç yaşamasaydım dediğimiz imtihanlarla yüzleştirir. Bazen gücün yeter acını kapından süpürmeye, bazen ise nefes bile alacak güç bırakmaz sende. İşte o an, çaresizliğin uçurumlarında gezinir durursun. Ne geriye dönebilirsin, ne de bir adım ileriye gidebilirsin. Durumu kabullenmekten ve, "Bu da benim imtihanım," demekten başka bir seçenek bırakmaz sana hayat. Nusret de o gün, yapılan tetkikler sonucunda doktorunun dudaklarından dökülen, "Üzülerek söylüyorum ki, dördüncü evrede akciğer kanserisiniz Nusret Bey," sözüyle bu acı gerçekle yüz yüze gelmişti. Uzun süre yığılıp kaldığı o siyah deri koltuğa, kalan bütün ömrünü, tüm hayallerini bırakmıştı sanki. Alnından akan terler, sessizce akan gözyaşıyla buluştuğunda başını yerden kaldırarak kararlı bir ses tonuyla sordu:

– Ne kadar ömrüm kaldı doktor bey?

Doktor, bilgisayardaki sonuçlara tekrar baktıktan sonra iyimser bir ifadeyle yanıt verdi:

– Bu hastalıkta eskisi gibi karamsar konuşmalar yapmıyoruz Nusret Bey. Tedavi yöntemleri çok ilerledi. Bünyenizin tedaviye vereceği olumlu tepkiye ve sizin bu hastalık sürecine olan inancınıza ve umudunuza göre süreç kendini belli eder. Yıllarca yaşayan hastalarımız da var. Tüm umudunu yitirip ve kendini bırakıp üç ay içinde vefat eden de var. Size gerçekleri söylemekle yükümlüyüm. Hastalık lenf bezlerinize ve böbreğinize de sıçramış. Yani yoğun bir tedavi süreci sizi bekliyor.

Nusret, doktora yalvaran gözlerle bakıyordu:

– Üç ay içinde bir oğlum olacak. Yıllardır bu çocuğun özlemiyle yanıp tutuştum doktor bey. Onu kucağıma alıp öpüp okşayacak ve "oğlum" diyerek sarılacak kadar zamanım var mı?

Doktor, gözlerini Nusret Bey'den kaçırarak istemsizce tekrar ekrana baktı.

– Bunun için biz elimizden geleni yapalım. Siz de üzerinize düşeni yapın. İnanıyorum ki, daha fazlası için ve oğlunuzla gülüp oynayacak kadar vaktiniz olacak. Yıllardır çocuk sahibi olmak için gösterdiğiniz sabrı ve içinizdeki inancı, bu hastalık için de taşıyın yeterli.

Nusret, doktorunun yanından ayrıldıktan sonra, hastanenin avlusunda bir banka oturup uzun süre parkta oynayan çocukları izledi. Bazen gözleri doldu, bazen derin düşüncelere daldı. Sonra gözlerini kayan bulutlara sabitleyerek; "Bana nasip ettiğin ömür sanırım burada bitiyor Allah'ım. Bilmem ki kaç gün daha gözlerim şu maviliği görür ve daha kaç gün yorgun ayaklarım şu topraklara değer. Bilmem kaç gün daha sabahın ilk ışıklarında Sevgi'min o gülen yüzü günaydın der bana. Hazır değilim Allah'ım. Toprak olmaya henüz hazır değilim. Sana asi bir kul olmadım hiçbir zaman ama son nefesimi rahatlıkla verecek kadar da iyilik heybem dolu değil. Senden tek istediğim, mahcubiyetimi giderecek kadar zaman ver bana. Yavrumun yürüdüğünü görecek kadar biraz zaman istiyorum. Evladımın tüm sorumluluğunu eşimin omuzlarına yükleyip, onu şu dünyada yalnız bırakıp çekip gitmeye hazır değilim. Sana söz veriyorum ki, ben bu imtihana sabırla göğüs gereceğim. Tedavimi aksatmadan devam edeceğim. Ama Senin yardımın olmadan olmaz. Yardım et bana. Bana dayanma ve sabretme gücü ver. Yine de takdir Senin. Alıp verdiğim nefes, ruhum ve şu beden Senin. Yardım et Allah'ım," diye dua etti.

Sevgi, taş kaldırımlarda koşuşturan oğlunun arkasından seslendi:

– Selim, koşma oğlum düşeceksin.

Selim, annesinin sesiyle irkilip bir anda durdu ve geriye doğru gülümseyerek baktı. Hızlı adımlarla kendisine doğru gelen annesini bekledi. Sevgi, oğlunun elinden tutarak;

– Babanı mı özledin sen? O yüzden mi bu telaşın yavrum? Ben de onu çok özledim oğlum. Az kaldı. Bak ilerideki büyük çam ağacının arkasında bizi bekliyor.

Servi ve çam ağaçlarının güzelleştirdiği, papatyaların ve gelinciklerin toprağı bir halı gibi süslediği ve kuş seslerinin ruhu okşayan güzel sesleriyle birbiriyle yarıştığı uçsuz bucaksız bu yerin geniş kaldırımlarından heyecanla yürüdü anne ve oğlu. Selim ara sıra duruyor ve üzerinde uçuşan kelebekleri yakalamaya çalışıyor, ara sıra da geriye koşup kendini güvende hissetmek için annesinin elini sıkıca tutuyordu. Kısa bir yürüyüşün ardından, sayısız kez tekrarlanan o bilindik tablo yaşandı. Selim, "Baba, biz geldik," diyerek koşup sarıldı soğuk mermer taşına. Sevgi, bu anı her yaşadığında gözyaşlarını gizlemeye çalışıyor ve oğlunu uzaktan izlemeyi tercih ediyordu. Her seferinde, oğlu doğduktan bir hafta sonra vefat eden eşinin o son görüntüsü aklına geliyordu. Ölmeden bir gün önce oğlunu kucağına alan eşinin, "Yaşattığın şu mutluluk için Sana sonsuz şükürler olsun Rabbim. Adı Selim olsun. Adı gibi sağlam ve doğru olsun inşallah," diyerek dua ettiği sesi kulaklarında çınlıyordu. Bir hafta içinde oğlunu kucağına almış, yine bir hafta içinde sevdiği adamı toprağa vermişti. Sanırım kader biraz da bu demekti. Bir yanınızı filizlendirirken, diğer yanınızı ağır ağır solduruyordu. Bir yanıyla güldürüyor, diğer yanıyla öldürüyordu.

Sevgi'nin dalgınlığı, Selim'in tatlı sözüyle dağıldı:

– Hadi anne, taşa yine su dökelim.

Sevgi, oğlunu kucağına aldı:

– Bak güzel oğlum benim; bazı insanlar ne bir avuç toprak ne de bir yığın taştan ibarettir. Onlar peşinden gidilecek, sorgusuz sualsiz takip edilecek ve nefesin yettiği kadar sevilecek insanlardır. Onlar bir mücadelenin, karşılıksız sevmenin, güvenerek birlikte yürümenin sembolleridirler. Bir insanın arkasından, "Seninle yaşadığım bir saniye için bile pişman değilim," diyebiliyorsan ve arkasından, "Her şey için," teşekkür edebiliyorsan, dünyanın en şanslı insanısındır. Bazı insanlar erken veda eder oğlum. Geri dönüşü olmayan yollara giderler. Ama öyle bir iz bırakırlar ki arkalarında, işte o izi silmeye ne zamanın ne de bir insanın gücü yeter. Ben babanı işte böyle sevdim. Çünkü babanın da beni öyle sevdiğini hep bilirdim.

Ah bu nisan, birçoğu için mutlulukların, yeni başlangıçların ve kavuşmaların, Sevgi için ise hep veda ayıydı. Elinde büyüdüğü anneannesini, sonrasında küçük kız kardeşi Gülce'sini ve hemen arkasından da annesini bu ayda toprağa vermişti. Nusret'i de nisan ayında vefat etmişti. Her nisan ayı geldiğinde içinde hissettiği hüzün bundandı. Ta ki şu mezarlığa gelene kadar, bu hüzün devam ederdi. Eşinin mezarının başında uzun süre kalır ve dua üstüne dua ederdi. Yine bugün dualarını eksiksiz okudu eşinin ruhu için. Mezar başından ayrılırken, oğlunun, eşinin mezarının iki yanındaki bir mezarın başında sessizce mezar taşına baktığını fark etti. Sessizce seslendi arkasından:

– Selim, hadi gidiyoruz oğlum.

Selim arkasını dönerek annesine baktı.

– Bu taşa da su dökelim mi anne?

Sevgi gülümseyerek oğlunun başında beklediği mezara doğru ilerlerken yanıtladı:

– Tabii ki dökelim oğlum. Hadi bakalım, sen dök yine.

Selim, annesinden öğrendiği gibi suyu yavaşça toprağa döktü. Sevgi, üzerinde oğlunun ismiyle aynı olan mezar taşına dikkatlice baktı. Sonra ismin altında yazan "ORMANCI" yazısına gözleri takıldı. Bir süre baktıktan sonra, "Rabbim rahmet eylesin. Mekânı cennet olsun," diyerek oğlunun elinden tutarak mezarlıktan ayrıldı.

İyi insan olmak yetmiyormuş.
Bir de baht diye bir şey varmış.
İnsanlar hak ettiklerine göre değil,
bahtlarına göre güler ve ağlarmış.
İşte bu yüzden anneler çocuklarına,
"Bahtın güzel olsun yavrum," diye dua ederlermiş.

Benim iki güzel dostum var: Sabır ve Şükür

Ne çok insan tanımışım. Ne çok insanı da tanıdığımı sanmışım. Ne çok emin olmuş ve ne çok yanılmışım. Ve sonunda herkesin herkesten gizlediği bir yönü varmış, anlamışım. Ne çok kendimden vermiş, sevdiğini sandığım insanlar için ne çok eksilmişim. Güzel ve mutlulukla biten rüyalar görmüşüm. Kiminden erken, kiminden geç uyanmışım. Her yüzde biraz samimiyet, her sözde biraz dürüstlük aramışım. Bulamamışım. Gücüm sadece kendime yetmiş, kimseyi kırmamışım. Kalabalıkmışım ama kendi içimde hep yalnız yaşamışım. Evet derin pişmanlıklarım var geçmişe ait. Evet, hatırlayınca, "Nasıl yaptım ben bunu?" dediğim keşkelerim çınlar kulaklarımda. Ama eğilmemiş başım ve yüzümü kızartacak bir hata yapmamışım. Yeri gelmiş, bir doğrum için bin kez savaşmışım. Gün gelmiş bir umuda, gün gelmiş güneşli bir sabaha ama çoğunlukla da bir duaya sığınmışım. Bazen sabır, bazen ise şükür diyerek, çektiklerimi Rabbim görür diyerek ve nasıl olsa her şey olacağına varır diyerek dayanmışım.

Beni bilen böyle bilsin...

Ben samimiyetsizliğin her halini en çıplak haliyle görmüşken, kimse benden Pollyanna kılığına girmemi beklemesin. İnsanlara tanıdığım şans kadar, benden gidenleri bir ben bilirim.

Her adım attığımda ve her el uzattığımda, zor günlerinde yanında olduğum insanların nasıl bana sırt döndüğünü bir ben bilirim. Artık dünyamın merkezine kendimi koydum.

Bu halime bencillik diyenler, zamanında kendilerini adam yerine koyduklarımdır.

Sırtımdan vurduklarında hissettiğim acıyı bir ben bilirim.

Beni bilen böyle bilsin. İster saygı duysun bana, ister silsin.

Kendi yolumda nasıl yürüyeceğimi kimse söylemesin.

İnsanlara güvenerek neler çektiğimi bir Allah bilir,

bir de ben bilirim.

Sen güçlüsün diyorlar!

Bilmiyorum ne kadar tanırsın kadınları? Onların yüzlerinde gördüğün her tebessümün mutluluktan, her gözyaşının umutsuzluktan ve her suskunluğunda haksızlıktan olmadığını ne kadar bilirsin? Bazen mecburiyettir bu hallerinin adı, bazen sevgi. Bazen bir şeylerin günün birinde düzeleceğine dair olan inançları ayakta tutar onları, bazen ise inatları. Hepsi için değil sözüm elbet. Sözüm, eksilse de sevdiklerinin bir gülümsemesiyle kendisini tamamlayan, zorluklar karşısında yılmayan ve yıkılmayan kadınlara. Birçok insan, onların sadece bir erkeğin gölgesinde yaşadığını zanneder. Oysa onlar, hayatlarındaki adamların hep karanlık yüzlerini görseler de, aydınlıklarını yine de esirgemezler sevdiklerinden. Tabii ki sonsuz değildir yüzlerine vuran ışıkları ve dillerinden düşmeyen sabırları. Çoğu insan, "Sen güçlüsün," deseler de, onlar da etten ve kemikten yaratılmışlardır. Gün gelir, uzun ince yollara dikilir bakışları. Kaybettim demezler asla. Denedim derler. Yüreklerine bir düğüm atarlar ve geldikleri gibi sessizce giderler. Bir elinde umutları, diğerinde ise çocukları. Yani böyle bir kadını tanımadan, tanıdım diyemezsin kadınları. Bazen bir mekânda, bazen bir bankta, bazen ise yapayalnız bir deniz kenarında çok görmüşsündür ve emin ol yine göreceksin onları. Duyacaksın, "Bir inattır yaşamak," dercesine, gelmişe ve geçmişe gönderdikleri o şen kahkahaları.

Tek başına ayakta duran, kendi küllerinden doğan
ve yaşadığı hiçbir şeye artık şaşırmayan kadınları
ayrılıkla, yalnızlıkla korkutamazsınız.
Çünkü onların en güçlü yönleri, yaşadığı tecrübeleri
ve kırıla kırıla hissizleşen yürekleridir.

Bakmayın siz
o kadar güçlü göründüğüme.
Bu duruşun arkasında,
"Yenilmeyeceğim sana hayat,"
dediğim nice yeminlerim,
"Hayırlısı buymuş," diye dualarla
bitirdiğim nice gecelerim
ve ayakta durmak zorunda olduğum,
nice sebeplerim vardır.

Senden sonra her şey çok zor be annem...

Ben hep anneme anlatırım kimseye söyleyemediklerimi. Şaşırma. Evet, annemi yıllar önce kaybettim. Ama biliyorum ki, o hâlâ benimle ve içimde yaşıyor. Beni dinlediğini ve hissettiğini biliyorum. Ben inanıyorum ki, anneler toprak olsa da, bir yanları geride evlatlarıyla kalır. Belki dokunamazlar, konuşamazlar ama evlatlarının yüreklerinde bir yer bulur ve orada yaşarlar.

Hayat bazen ağır geliyor be annem. Kendime ağır geldiğim zamanlarda başım yastıktan, gözüm ufuktan hiç ayrılmıyor. Hani o dualı ellerinle bir dokunsan bana, belki geçecek geçmez dediklerim bile. Ama ne sen bana dönüp gelecek yerlerdesin, ne de şu insanlar senin geride bıraktığın o boşluğu dolduracak kadar vefalı. Ne herkese anlatılıyor yaşanılanlar, ne de suskunluğumu herkes senin kadar anlar. Zor be annem, zor. Derdini içine atmak kadar, iki damlayı gözlerinde saklamak kadar zor. Herkese karşı güçlü görünmeye çalışmak kadar, geceleri gizli gizli ağlamak kadar zor. "Neyin var yavrum," diyen o yumuşak sesine, bana her şeyi unutturan o gülen gözlerine ve uzandığımda adına huzur dediğim o mübarek dizlerine ihtiyacım var şu günlerde. Yoruldum anne. Hatta yoruldum demekten bile yoruldum.

Bir tek annemin yüreğinde büyümedim ben.
Orada kaldı çocuk yanım.
Orada kaldı saf yanım
ve en güzel anılarım.
Bir tek orada çocuktum, çoktum.
Sonrası hep eksik.
Hep yarım...

Hiç kimseye vefa borcum yok...

Ben, tek tarafın çabasıyla yürüyen, kendinden verdikçe karşı tarafın istekleri büyüyen ve tüm bunlara rağmen yaptıkları asla beğenilmeyen ilişkilerin işte o yalnız tarafı oldum hep. İşte bu yüzden çok iyi bilirim sabretmeyi ve karşılıksız sevgiyi. Belki bir gün değişir diye, her sabah gözlerinin içine sevgiyle baktığım insanların, her akşam karşıma aynı kırıcı ve soğuk yüzleriyle çıkmasına alışkınım. O kadar çabalayıp da, bir arpa boyu yol gidememenin suskunluğunu da, yorgunluğunu da çok iyi bilirim. Çok iyi bilirim, "Bu doğru insan," diyerek sıkıca sarıldığım insanların, aslında kocaman bir hiç oldukları gerçeğine alışamamanın ne demek olduğunu.

En az onlar kadar kızgınım kendime. Biliyorum, en az onlar kadar suçluyum. Tek tutunduğum ise, içimde bir kuş tüyü hafifliğindeki vicdanım. Kimseye bir vefa borcum yok. Arkama baktığımda, içinde azıcık da olsa insanlık olan hiç kimse, benim için kötüdür diyemez. Zaten hep iyi niyetlerinden dolayı kaybeden taraf ben değil miyim? Ben değil miyim, hiç kimse benim sebep olacağım bir sorun yüzünden üzülmesin diye çırpınan? Ama hayat bana şunu öğretti: Her şeyi doğru yapsan da, doğru bildiğin yollardan ayrılmasan da ve kendini ne kadar zorlasan da, ancak karşındaki insanın anlayış derecesine göre huzurlu bir hayat sürebiliyorsun. Artık ne kendi hakkımda, ne de hayatın karşıma çıkardığı insanlar hakkında asla büyük konuşmuyorum. Nasip diyorum, hayırlısı diyorum ve her şeyi zamana bırakıp susuyorum.

Elveda...

Bir tarafın çabası, diğer tarafın sefasıdır.
Bir tarafın sabrı, diğer tarafın cefasıdır.
Yani, bir tarafın nefesiyle birileri yaşıyorsa,
biri diğerini hep sırtında taşıyorsa
ve tüm bu olup bitene rağmen,
"Yoruldum artık," çığlıkları duyulmuyorsa,
o gemi o limanda çoktan batmıştır.
Geriye sadece bir, "Elveda," kalmıştır.

Sadece hislerime güveniyorum...

Zaman lazım bize sevgili, zaman. Tanışmalarından üç gün geçtikten sonra, "Seni seviyorum," diyen ergenler değiliz artık. Bu kadar yaşanmışlığın ve yalnızlığın bir anlamı olmalı. Bir anlamı olmalı, her tarafımızın kocaman bir hiçlikle ve tükenmişlikle sarıldığı şu zamanda, "Bir anlayan vardır elbet," diyerek birbirimizi sabırla ve umutla beklediğimiz gündüzlerimizin, gecelerimizin. Cebimize tecrübelerimizi koyamadıysak eğer, ne anlamı kalır ki zamanında sırtımızda taşıdığımız o vefasız insanların. Ben artık birilerinin mutluluğu için nefes almak istemiyorum. Biriyle hayatı iliklerime kadar güvenerek yaşamak istiyorum. Birilerinin yüreğinde solmak değil, tekrar filizlenip yaprak yaprak açmak istiyorum. Kimseyle savaşmak değil, önce kendimle, sonra da hayatla yeniden barışmak istiyorum. Ve bu yolda süslü cümlelere değil, sadece hislerime güveniyorum.

Bazen bilgine değil, hislerine güvenirsin.
Duyduklarından ve gördüklerinden öte,
hissettiklerinle hareket edersin.
Kimde varsın, kimde yoksun, kime çoksun,
kime yüksün, bunları hissedersin.
Çoğu söze kulağını kapatır, sadece iç sesini dinlersin.
O seni hiç yanıltmadı, çok iyi bilirsin.

Mesafeler değil, menfaatler ayırdı insanları birbirinden

Bilmiyorum, belki de bu çağın çok gerisinde kaldı hayallerim ve beklentilerim. Birçok şeye ayak uydurmakta zorlanıyorum artık. Mesela hissetmeden dokunanları, gözümün içine bakıla bakıla söylenen yalanları ve hiçbir derinliği olmadığı halde kendini vazgeçilmez zanneden insanları anlayamıyorum. Bu toplum birçok değerini kaybetmiş sevgili. Çok eskiden, aradan yıllarca zaman geçince değişirdi bir şeyler. Şimdilerde ise, yıl daha kendini bitirmeden tükeniyor o eski güzellikler. Seneler, şehirler ve hayaller değişse de, bir şeylerin değişmemesi gerekirdi oysa. İnsanı insan yapan ne varsa, zamana böyle kolay yenilmemeliydi. Mesela dudaktan dökülen her ne varsa sevgi adına, yürekten gelmeliydi. Sadakat ve vefa hiç değişmemeliydi. Sadece şiirleri ve şarkıları süslememeliydi. Bir şeylerin ömrü son nefese kadar sürmeliydi. Ten tene değince bitmemeliydi. Ama gel gör ki, çok şey gün doğumunda başlayıp, günbatımında ruhunu teslim ediyor. Bizi biz yapan birçok değer, şu zamanda çığlık çığlığa can çekişiyor. Sahip çıkan yok. Baş tacı eden yok. "Biz nereye gidiyoruz?" diye soran yok. "Ben asla onlar gibi olmam," diyenler bile, zamanla kınadığı insanlara benziyor.

Bu çağ diyorum...

Edebin ve yüreğin değil, bedenlerin, tenlerin çağı.
Güzelliklerin ve iyilerin değil, kötülüklerin, kötülerin çağı.
Aklın ve zekânın değil, düşünmeden çok bilenlerin çağı.
Sözü özü doğru olanların değil, ikiyüzlülerin çağı.
Sevenlerin, kıymet bilenlerin değil,
vefasızların, çabuk tüketenlerin
Ve bahanelerin arkasına saklanıp gidenlerin çağı.

Siz önce içinizde beslediğiniz
şeytanları susturun.
Belki o zaman,
susmuş vicdanlarınız da konuşur sizinle.
Güzel bir şey bekliyorsanız hayata dair,
önce siz güzel olun bence.

Yarım kalan

Yolumu bulduğumu zannettiğim, birkaç acı ama geçici an benim hayatım. Arayışlarım bitmeyecek, çoktan belli oldu. Aşk, varacağı yeri en iyi bilendir. O beni ne zaman bulur bilemem. Bildiğim şey, ben onu artık bulamam. Yo, bana hiçbir şey sorma. Soluğumun kesilmesinden anla. Hayat bundan ibaret çünkü. Kalbinin atışından değil, duruşundan bellidir.

Yaşıyor musun, yoksa sadece bir zannın ortasında mısın? Adın geçse her hangi bir yer, her hangi bir anda kalbimde bir heyecan olurdu tarifsiz... Senin sende sevmediklerin bile, şirin gelirdi bana. Ah, şimdi bin bir güzellik sunsan boş. Öyle dumanlı, öyle pişman, öyle başka bir efkârda şimdi bendeki baş. Nasıl bir kalp bıraktın geride bir bilsen... Sensiz, bizsiz, hissiz sanki bir taş. Seni ömrümce çekerim diyenlerin, çektirmediği kalmadı. Belki kalbim doğru yerdi ama zaman yanlıştı. Sende bahar başlarken, bendeki yaz çoktan bitmişti. Kısmetim olmadığını anladığımdan beri, içimi acıtmıyor yokluğun. Eskisi gibi yakmıyor geçmiş. Ne yaparsam yapayım. Artık anladım ki benim derdim sana geçmemiş. Kusura bakmasınlar, sen de bakma.

Anımı, anılarımı kimsenin insafsızlığına bırakamam. Yarınlarımda uzak olacaklar, şimdi de yanımda kalmasınlar. Sen de kalma. Zamanla anlıyorsun ki ayrılığın rengi yok. Gidecekse gidiyor senden. Herkes karakterinin gereğini yapıyor.

Ya da karaktersizliğinin. Kimi işine geldiği gibi davranırken, ben içimde boğuşurdum.

Bozma kendini diye. Ve boğulurdum sonra uzak ama yakın olanlardan. Soğuk ama yakan yalanlardan. İnsan bildiklerim her geçen gün daha iyi öğretti; seni yaşlandıran, yaptıklarından çok yapmadıkların. Yani demem o ki günbegün yaş aldıkça değil, gözlerimde yaş kurudukça ihtiyarladım. Ve kalbimi kırdıklarından beri hiç kimseyi incitmedim. Çünkü ben; incinmek ne demek iyi bilirim. Sırtımdaki derin izlerden, nasır tutmuş dizlerden, samimiyetsizlerden, zamanla düzelir diye beklemekten tükendi sabrım. Tükendim. Toparlanmam lazım derken darmadağın ettiler yüreğimi. Ama olsun be; iyice dağılmadan, iyice toparlanamaz insan.

Şöyle tertemiz olmak gerek. Ayıklanmak, sahte yüzlerden, tutulmayan sözlerden yalan gözlerden ve ruhsuz özlerden. Evet, belki elimde bir garip benden başka kimsem kalmayacak. Belki dersini almış bir gönülden gayrı hiçbir şeyim olmayacak. Olsun be, yanlış olacağına yalnız olsun. Farkına vardın mı ya da varırlar mı bilmem. Kalbimden, kalemime kadar eksiğim. Ve bir o kadar yarım. Acaba diyorum, var mıdır bu belanın ayrımına varan?Sonuçta öyledir be gülüm; insanın anlattıklarından çok anlatamadıklarıdır yarım kalan.

Ne yaparsın, doğanın kanunu böyle iki gözüm.
Kimin ahını alırsan
gün gelir vah ile kapısında ağlarsın.
Zamanında üzdüklerini,
bir gün mumla ararsın.
Gün göstermediğin insanlara uzaktan bakarsın da
soğuttuğun ve kardığın bir kalbi bir daha ısıtamazsın.

Bu da SON sözüm olsun...

Hak yemekten korkarım.
Hakkımı aramaktan korkmuyorum.
Yanlış insan olmaktan korkarım.
Yalnız insan olmaktan korkmuyorum.
Kibirden, gösterişten korkarım.
Kendim olmaktan,
kendim gibi yaşamaktan korkmuyorum.
Yalandan, dolandan ve ikiyüzlü olanlardan korkarım.
Açıksözlü dostun dudaklarındaki,
o doğrudan korkmuyorum.
Yük olmaktan, muhtaç olmaktan korkarım.
Hiç kimseyi yormadan vereceğim
son nefesten korkmuyorum.